LES

HOMMES

DES BOIS

PAR

LE MARQUIS DE FOUDRAS

2

PARIS
ALEXANDRE CADOT, ÉDITEUR
37, rue Serpente
—
1856

LES HOMMES DES BOIS

Ouvrages de Xavier de Montépin.

Ouvrages de G. de la Landelle.

Fontainebleau, imprimerie de E. Jacquin.

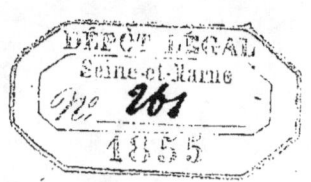
LES
HOMMES
DES BOIS

PAR

LE MARQUIS DE FOUDRAS

2

PARIS
ALEXANDRE CADOT, ÉDITEUR
37, rue Serpente

1856

DE QUELQUES VENEURS

QUE J'AI CONNUS

Un mot au lecteur.

Le titre de ce commérage cynégétique, qui rappelle certains chapitres du goguenard et cynique abbé de Brantôme, ne veut nullement dire que je songe à faire ici les biographies complètes des célébrités vivantes ou mortes dont je vais parler. Je n'ai pas d'autre prétention que de crayonner légèrement leurs physionomies diverses, et tout au plus mêlerai-je en passant quelques anecdotes à ces rapides esquisses de visages *vrais* et de faits *authentiques*. J'ajouterai — et la précaution pourrait bien ne pas être tout-à-fait inutile — que cette fois je raconterai les hommes et les choses sans appeler mon imagination à mon secours, ainsi que cela m'est arrivé bien souvent, c'est-à-dire dans toutes les occasions où l'auguste vérité m'a paru abuser un peu du privilége qu'elle a de se montrer toute nue devant un public qui ne rend pas toujours justice à ses charmes.

Après ce court préambule et cet avertissement donné à mes lecteurs habituels,

qu'ils ne doivent s'attendre à trouver dans
les pages qui vont passer sous leurs yeux
qu'une suite de récits très simples, j'entre
en matière par une observation qui n'est en
aucune façon étrangère à mon sujet.

Le goût excessif de la chasse, tel que je
l'ai eu pendant les plus belles années de
ma vie, est peut-être de toutes les passions
que subit le cœur humain celle qui fournit
au philosophe analyste le plus de types curieux à étudier et d'individualités originales à conserver, soigneusement classées
dans sa mémoire. Depuis le *sportman* aristocratique qui, vêtu élégamment de bleu,
de vert ou de rouge, galope, sur un *Racer*
de deux cents louis, à la suite de soixante
ou quatre-vingts bâtards anglais poussant

vigoureusement un robuste dix cors par
monts et par vaux, jusqu'au braconnier de
bas étage qui, le visage barbouillé de suie
dissoute dans l'huile, et le corps roulé dans
une blouse feuille-morte, se tapit au fond
d'un fossé ou derrière un buisson pour
assassiner un malheureux lièvre, il y a des
variétés sans nombre et des nuances infi-
nies. Or, comme il m'a été donné, pendant
toute ma jeunesse et une grande partie de
mon âge mûr, de voir de près toutes les es-
pèces du *genre chasseur*, j'ai la petite vanité
de croire que je puis, sans trop de présomp-
tion, confier mes remarques à un public
dont j'ai plus d'une fois éprouvé la bien-
veillance. En fait de chasse j'ai connu tant
de gens, et le hasard m'a rendu témoin de
tant de choses, qu'il n'y a rien que je ne

sache à peu près, et que je ne puisse raconter bien ou mal.

> Quiconque a beaucoup vu
> Doit avoir beaucoup retenu.

A dit le bonhomme La Fontaine dans un de ses immortels apologues, et cette vérité est devenue la maxime favorite de tous les *faiseurs de mémoires.* Elle sera aussi mon excuse ou mon prétexte, comme on voudra, pour fouiller de nouveau dans le passé de mon existence de veneur, et pour mettre une fois de plus au grand jour de la publicité ce que je parviendrai à extraire de cette mine que j'exploite depuis dix ans bientôt avec plus de persévérance que de succès. Et franchement, le talent à part, que me manque-t-il pour traiter avec une certaine

connaissance de cause, le sujet que j'ai an-
noncé dans les lignes qui précèdent celles-ci?
N'ai-je pas reçu maintes fois l'hospitalité de
la richesse intelligente et noble, dans des
demeures somptueuses où toutes les habitudes les plus raffinées de la vie élégante se
confondaient harmonieusement et spiri-
tuellement avec la pratique sévère et fer-
vente du culte de saint Hubert? N'ai-je pas
couché sous des huttes de charbonniers à
demi sauvages, en compagnie de pauvres
diables, moitié braconniers et moitié vo-
leurs de grands chemins, avec lesquels je
m'en allais gaîment, deux heures avant le
lever de l'aurore, attendre *n'importe quoi*,
agenouillé sur le bord fangeux d'un étang,
ou l'*envers* du corps, depuis la nuque jusqu'aux mollets, très douloureusement ap-

puyé contre la lisière hérissée d'épines d'un taillis? N'ai-je pas chassé sur la *terre et sur l'onde* — comme disent les poètes de la vieille école, dans leurs œuvres passées de mode, Dieu merci ! — n'ai-je pas chassé — dis-je — avec une foule de gens, à qui je serrais, sans la moindre répugnance, la main *en fin fond de forêt*, mais dont j'esquivais volontiers le salut quand je me croisais par hasard avec eux dans une des rues de la ville voisine, ou que je les voyais venir à ma rencontre sur la grande place du village? Rien n'efface mieux ni plus vite les inégalités de la hiérarchie sociale, et ne dispose aussi promptement à la camaraderie que la chasse, qui rend pairs et compagnons le roi et le garde, le gentilhomme et le goujat. Rien non plus ne met avec autant de netteté les caractères en évidence, dans toute leur vérité primitive. L'envieux, le hâbleur, le vaniteux, l'égoïste, plus encore que tous les autres, est bientôt démasqué quand il a un fusil sous le bras, une carnassière sur l'épaule, et qu'un chien bat le terrain devant lui. Par compensation, les qualités naturelles ne sont pas moins promptes à se montrer que les défauts, en pareille circonstance, et Dieu sait si la gent dont je parle est largement douée de celles-ci ou de ceux-là, suivant que l'individu est tourné au bien ou au mal, car on peut dire en général des chasseurs ce que l'on dit des roux : *qu'ils sont tout bons ou tout méchants.* Les grandes passions n'existent que chez les hommes extrêmes. Ceci ne s'applique pas seulement à la chasse.

Mais je m'aperçois que si mon préambule
a été court, il n'en est pas de même de mon
observation. Que mes lecteurs me le par-
donnent : cette fois j'entre décidément en
matière.

Rémondey et Henry.

Le premier personnage qui se présente à ma mémoire, dans l'ordre de mes plus anciens souvenirs *cynégétiques* — je supplie très humblement mes lecteurs de me pardonner la fréquente répétition de ce mot

peu harmonieux, malgré son origine grecque
— est un certain Rémondey, que j'ai déjà
mis en scène, si je ne me trompe, dans le
prologue de mon roman de *Diane et Vénus*.
C'est sous les auspices de cet homme que
j'ai débuté dans ma carrière de chasseur à
pied et à cheval, à l'âge où j'aurais dû être
encore renfermé entre les quatre murailles
d'un collége quelconque, si je n'eusse été
horriblement gâté. Je l'étais d'abord par ma
mère, qui craignait toujours, depuis l'époque
où j'apprenais à lire, que l'excès de travail
ne fut nuisible à ma santé, peu délicate cependant; et d'une autre façon par mon père,
qui, par suite de ses idées d'*avant la révolution*, trouvait tout naturel que je fisse le coup
de poing avec les polissons du village, au
risque de ne pas être le plus fort; mais qui

ne m'aurait pas volontiers permis de me
lier avec les fils des bourgeois de la ville.
Il avait surtout un éloignement invincible
pour les enfants des hobereaux, qu'il quali-
fiait fort drôlement, en termes que je n'ose
pas rapporter ici. Il en donnait pour raison
qu'un bourgeois ou un petit noble était un
être incomplet qui n'avait eu ni assez de
bon esprit pour rester paysan, ni assez de
courage pour devenir gentilhomme. Cette
manière de voir, très contestable à mon
avis, n'a jamais été la mienne : je prie le
public d'en être bien convaincu.

Pour en revenir à Rémondey, c'était un
fort singulier personnage, dont la jeunesse,
comme celle de beaucoup de grands hommes
éprouvés par la fortune à leur début dans
la vie, n'avait mis qui que ce fut sur la voie

de ses destinées futures. Il avait été successivement déserteur avec armes et bagages,
contrebandier dans les montagnes du Jura,
faux-saunier (1) en Alsace, jockey très
adulte à Paris — à cette époque le *groom*
n'avait pas encore été inventé — enfin, vers
sa vingt-quatrième ou vingt-cinquième
année, il était devenu garde-adjoint chez
mon père, qui lui avait de plus promis de
lui confier plus tard le double soin de conduire quelques bassets, débris modestes de
son grand équipage d'autrefois, et de m'initier, de concert avec le vieux Denis, à la
gaie science de la chasse.

C'est donc à Rémondey, plus qu'à tout
autre, que je dois l'ardeur que j'ai longtemps
éprouvée pour ce noble exercice, en l'hon-

(1) Fraudeur pour le sel.

neur duquel je barbouille aujourd'hui tant
de papier qui ne demanderait pas mieux
que de rester blanc. Lui-même en avait
contracté le besoin et le goût dans la vie
aventureuse qu'il avait menée pendant dix-
huit mois, alors que, traqué jour et nuit,
comme une nouvelle *bête du Gévaudan*, par
la maréchaussée du Directoire exécutif, il
attendait une amnistie pour reparaître au
grand soleil, changer de chemise et faire sa
première communion. Ces trois événements
se suivirent en effet de près vers 1802.

Durant ses jours de persécution, quand il
se demandait chaque matin, en s'éveillant,
s'il ne serait pas en prison le soir et con-
damné à mort le lendemain, Rémondey, pour
en arriver à cette fâcheuse extrémité le plus
tard possible, s'était creusé une espèce de

tanière sous la chaussée d'un étang qui
faisait partie du territoire de Demigny, village où il était né, et qu'habitait sa mère,
pauvre veuve infirme. C'était de là qu'il sortait furtivement, comme un renard quitte
son terrier, pour aller courir les bois en
compagnie d'un camarade, déserteur ainsi
que lui, qui lui servait de chien, et armé
d'un lourd fusil de dragon, qu'il avait em-
porté par mégarde — disait-il — du 17ᵉ régiment, ci-devant Schomberg, quand il lui
avait, suivant l'expression vulgaire, brûlé la
politesse en Suisse, un peu avant l'immor-
telle campagne de Masséna contre le vieux
Souvarow. Il est aisé de comprendre qu'un
an et demi d'une existence de ce genre,
pour un homme qui était tour à tour chasseur pour le gibier qui contribuait à le

nourrir, et gibier pour les gendarmes qui cherchaient *à l'empoigner*, devait avoir donné au braconnier réfractaire une connaissance plus parfaite de la forêt de Demigny, que personne ne l'avait jamais eue avant lui. Denis lui-même reconnaissait sa supériorité sur ce point, et il fallait pour cela qu'elle fut bien évidente.

Lorsque Rémondey, au commencement de 1814, fut élevé définitivement par mon père à la dignité de garde en pied, à laquelle ses longs services lui donnaient des droits incontestables, il avait environ trente-six ans, et sa passion pour la chasse était arrivée à son développement le plus complet. Marié et père de deux garçons, dont le cadet, s'il faut en croire la renommée, marche d'un pas assuré sur ses traces, il oubliait,

avec une facilité merveilleuse, sa femme et
ses enfants aussitôt qu'il était hors de chez
lui, son fusil sous le bras, et son chien en
quête devant lui. Souvent même il avait de
ces distractions en leur présence, quand il
méditait, assis devant son poële de fonte,
toujours rouge, comme celui de tous les
gardes, qui n'épargnent guère le combusti-
ble; quand il méditait — dis-je — quelque
embûche à tendre à un sanglier, dont il avait
reconnu le pas dans sa tournée du matin,
et, une fois en chasse, il ne serait pas rentré
au logis avant la nuit close, eut-il appris
que le feu dévorait sa maison, et que tous
les siens étaient dans un péril auquel lui
seul pouvait les arracher. L'anecdote qu'on
va lire fournira amplement la preuve de ce
que j'avance, bien que je la prenne au ha-

sard parmi beaucoup d'autres du même
genre qui se présentent en même temps à
mon esprit. Ne croirait-on pas parcourir
une page de l'histoire romaine de la sévère
époque des Horace, des Brutus et autres
gaillards qui se moquaient de la famille
comme de *Colin-Tampon*.

Par une brumeuse et froide matinée de
novembre, alors que se font les grands pas-
sages d'oiseaux aquatiques, notre homme
épiait des canards sur un de nos étangs,
dont les bords, jusqu'à une certaine distance, étaient, ce jour-là, couverts d'une
croûte de glace d'un demi-pouce d'épaisseur, et il avait envoyé son fils aîné, âgé de
huit ans, sur la chaussée, pour rejeter le
gibier de son côté s'il venait à prendre son
vol avant d'avoir été tiré. Il rampait parmi

les joncs, comme un Mohican en embus-
cade, pour se rapprocher du but, et, parvenu à portée, il avait déjà appuyé contre
son épaule la crosse de sa lourde canardière
à deux coups, lorsque le bruit de la chute
d'un corps pesant dans l'eau fit lever brusquement la bande de canards. C'était le
dauphin Rémondey qui, ayant perdu l'équi-
libre en contemplant l'auteur de ses jours,
piquait une tête involontaire dans six pieds
de liquide vaseux. Le père — Horace ou
Brutus à votre choix — ne se déferra pas
pour si peu de chose. Il prit son temps avec
calme, comme si son chien s'était jeté à la
nage, lâcha son premier coup à droite dans
le gros des fuyards qui ne s'étaient pas encore dispersés, le second à gauche sur deux
judelles qui se croisaient, regarda soigneu-

sement où tombaient les morts et les bles-
sés, puis il s'en alla au secours de son héri-
tier, qu'il eut l'heureuse chance de repêcher
sous la glace, et de ramener sur le rivage,
aux trois quarts asphyxié seulement. Quand
il vit que le petit bonhomme n'en mourrait
pas pour cette fois, il l'étendit sur l'herbe
humide de la chaussée, les pieds plus bas
que la tête, et il retourna tranquillement à
ses victimes emplumées, qu'il ramassa jusqu'à la dernière.

Certes la mère lacédémonienne qui a dit
à son enfant en lui remettant un bouclier
— *dessus ou dessous, mon fils !* — n'était pas
plus héroïque. Fanatisme de la gloire, ou
fanatisme de la chasse, c'est tout un : le
mobile est plus noble, mais la passion est
la même, et Sapho, qui se précipitait du

haut du rocher de Leucade pour se guérir
par la mort des souffrances que lui causaient les rigueurs du beau Phaon, n'était
pas plus amoureuse que l'est la coutu-
rière qui s'asphyxie pour un garçon épicier
infidèle.

Bien que notre héros, de même que presque tous les gardes, ses pareils, aimât fort
le jus fermenté de la vigne, il ne fréquentait
que très rarement les cabarets du village,
qui avaient pour lui l'inconvénient grave
de l'éloigner un peu trop du théâtre habi-
tuel de ses exploits. Hors de sa chère forêt,
il ne tardait pas à éprouver cet indéfinissa-
ble malaise physique et moral que ressen-
tent les vieux matelots quand ils restent trop
longtemps à terre, et lorsqu'on le rencontrait par hasard sans carnassière et sans

fusil, il était aussi honteux que si on l'eut
surpris *in naturalibus*. Le dimanche, aussitôt que sa femme et ses enfants étaient
revenus de la messe, car en leur absence
il gardait la maison, située à la lisière
des bois; le dimanche — dis-je — il se rendait, rasé de frais et soigneusement brossé
du haut en bas, dans quelque coupe en
exploitation, dont le bûcheron garde-
vente débitait du vin, savait confectionner
une omelette au lard, et possédait un jeu
de quilles devant sa baraque. Rémondey
connaissait cinq ou six établissements de ce
genre dans la forêt, et il allait de l'un à
l'autre, toujours recueillant des renseigne-
ments utiles sur son passage, toujours bu-
vant, et surtout toujours chassant. Vers minuit, quelquefois plus tard, il regagnait son

domicile, chargé de gibier et à moitié ivre,
ce qui ne l'empêchait pas d'être debout au
point du jour, pour remplir ses devoirs de
garde ou s'abandonner à une nouvelle inspiration de sa passion dominante.

Les jours ordinaires, quand la pluie tombait à torrents, ou que le vent d'ouest souf-
flait à déraciner les chênes les plus robustes, Rémondey courait se réfugier dans celui
de ces caravansérails rustiques dont il se
trouvait le moins éloigné pour le moment ;
mais dans ces circonstances de *force majeure*
il s'abstenait de boire, même avec modération, et il appelait ces haltes à couvert — *se
rembûcher à sec.*

On aurait tort de conclure de tout ce qui
précède, et en particulier de l'anecdote de
la chasse aux canards, que Rémondey n'é-

tait pas, au fond, un très bon père de famille, un fils dévoué, un mari attaché à ses
devoirs, et, au total, ce que l'on nomme
vulgairement *une excellente pâte d'homme,*
dans la plus large acception de cette manière de parler, qui peint si bien la réunion
des diverses qualités attachantes que possèdent les personnes heureusement douées
auxquelles on applique cette expression.
Même à cette époque déjà éloignée de nous,
où les domestiques de bonne maison gardaient encore quelques-unes des saines traditions de l'ancien régime, il eut été difficile
de trouver un serviteur plus zélé, plus res-
pectueux et plus intelligent que cet ex-dé-
serteur contrebandier qui avait été pendant
un an et demi, vagabond et — du moins il
ne s'en était pas fallu de beaucoup — dé-

trousseur de passants. Oui, détrousseur de
passants, chers lecteurs; car le pauvre Rémondey, une fois qu'il me parlait, comme
cela lui arrivait souvent, de tout ce qu'il
avait eu à souffrir durant sa vie errante,
m'a avoué qu'un jour il avait eu toutes les
peines du monde à chasser de son esprit la
malheureuse tentation d'aller demander
l'aumône sur la grande route à la façon des
espagnols : on sait ce que cela signifie. Toujours est-il que notre garde était, malgré
ses fâcheux antécédents, un de ces hommes
dont on peut dire qu'il n'y a jamais de *non*
avec eux, et il n'y avait pas d'exemple qu'il
se fut une fois refusé soit à donner un coup
de main aux garçons de la ferme, dans un
moment de presse des travaux de la campagne, soit à prendre un plumeau ou une

serviette pour aider les gens de l'intérieur
quand il y avait beaucoup de monde au
château. Il était en outre commissionnaire
exact, confident discret, interprète fidèle
lorsqu'on le chargeait d'un message verbal
— chose très périlleuse avec les domestiques les plus intelligents — et si on lui re-
mettait une somme d'argent pour la porter
quelque part, il se serait plutôt fait couper
par morceaux que de se la laisser prendre,
ce qui du reste a bien manqué lui arriver un
jour : les anciens mauvais sujets ont quelquefois de ces héroïsmes sublimes.

Nonobstant les habitudes à demi-sauva-
ges qu'il avait contractées durant les hasards de son existence aventureuse, et au
milieu de ses luttes violentes contre la destinée, Rémondey n'était ni querelleur, ni

sournois, ni jaloux de ses camarades, pourvu toutefois que ceux-ci ne lui coupassent pas l'herbe sous le pied à la chasse, car sur ce chapitre, avec ses égaux ou des supérieurs *douteux,* il entendait fort mal la plaisanterie. Pour ses maîtres, leurs amis et leurs hôtes, il se montrait, au contraire et dans toutes les circonstances, poli, empressé, rempli d'égards, leur cédant volontiers les meilleurs postes, alors même que son bon sens et son orgueil lui disaient qu'ils ne les occuperaient pas aussi bien que lui, et leur attribuant sans hésiter l'honneur tout entier d'un beau coup de fusil quand il avait tiré avec eux *pour plus de sûreté.* Il avait même dans ces occasions-là des recherches de flatterie qui n'eussent pas été désavouées par le courtisan le plus con-

sommé. Ce n'est pas qu'il ne fut aussi, à
ses heures, goguenard dangereux et railleur impitoyable, car il avait sa bonne dose
de cet esprit salé bourguignon dont les
blessures sont si cuisantes, bien que toujours faites sans colère, et lorsqu'il se
mettait tout de bon à brocarder quelqu'un,
paysan ou bourgeois, envers lequel il ne se
regardait pas comme obligé au respect, il
vous l'arrangeait de la bonne manière, en
s'y prenant si bien cependant, que l'autre
ne pouvait pas se fâcher, si bonne envie
qu'il en eût. Une de ses malices favorites
était de s'amuser, dans une intention de
moquerie inspirée peut-être par le souvenir
de quelque vieille rancune, à estropier les
noms de la façon la plus burlesque, témoin
un certain monsieur Loyabre qui venait

souvent chasser chez nous, et qu'il n'a
jamais appelé autrement que monsieur
l'Effroyable : on devine que le monsieur
était fort laid. Il était aussi grand distribu-
teur de ces sobriquets qui restent parce
qu'ils peignent d'un mot le côté ridicule
d'un individu, et un jour qu'il cheminait à
quelques pas devant moi, en causant avec
Henri, notre autre garde qui le précédait,
je recueillis le petit dialogue qu'on va lire :

RÉMONDEY

Que devient donc monsieur***, qu'on ne le
voit plus au château ?

HENRI

Il a une place bien loin d'ici : il est ambassadeur.

RÉMONDEY

Lui, ambassadeur ! Tu veux dire *embar-rasseur* (1).

Ce monsieur *** était un de nos voisins de campagne, bon jeune homme qui n'avait que le tort de s'en faire un peu trop accroire et de se poser en homme important, bien qu'il n'eut qu'une valeur personnelle comme celle de tout le monde. Il venait d'être nommé attaché de légation dans une cour d'Allemagne, et la rumeur publique avait singulièrement haussé le rang de son emploi. Je répétai le mot de Rémondey à quelques personnes qui le trouvèrent d'une justesse très piquante, et depuis cette époque le pauvre *** ne fut plus pour nous tous que *l'embarrasseur*. Je dois

_____

(1) Faiseur d'embarras.

ajouter à sa louange, que, l'ayant su, il ne
s'en fâcha pas, et qu'il n'en continua pas
moins à bien traiter le vieux garde railleur,
à qui il donna même un très beau chien à
dresser.

Dans une autre circonstance, à une halte
de chasse à tir au-dessus de la montagne de
Rully, un vieux garçon, fort grotesque de
visage et de tournure, qui se trouvait là, in-
terpella brusquement notre héros en ces
termes :

— Sais-tu bien que tu n'es pas devenu
beau en prenant des années, mon pauvre
Rémondey?

— Ma foi, monsieur Charles — répondit-
il en faisant la plus spirituelle de ses
grimaces — encore un avec nous deux, et

on pourrait dire — *sacrebleu ! quel vilain brelan !*

Et nous tous, qui étions présents, de nous abandonner à un accès d'hilarité que le vieux garçon eut le bon goût de partager. Comme les vérités des anciens fous de cour, les vives ripostes de Rémondey avaient l'heureux privilége de ne jamais blesser personne, parce qu'il avait assez de tact pour ne les décocher qu'aux gens en belle humeur : les mauvais plaisants de profession n'ont pas de ces délicatesses-là.

La physionomie de notre homme révélait au premier examen cette disposition railleuse de son esprit. Le vieux garde — on l'a toujours appelé *vieux*, même quand il était jeune encore — le vieux garde avait de petits yeux gris pâle, pétillants de malice et

de pénétration, dont le regard aigu comme
une flèche arrivait toujours au fond de la
pensée de celui qui lui parlait; des rides
originales, d'où semblait jaillir le sarcasme
à chaque contraction de sa face rabelai-
sienne, et une immense bouche, dégarnie
de toutes ses dents moins une seule, des
profondeurs de laquelle sortaient, comme
d'un gouffre, de terribles éclats de rire
lorsqu'un ridicule le mettait en belle humeur de s'amuser aux dépends de son
prochain. Les autres dents de Rémondey
— ceci ne doit pas être omis dans un
portrait qui est aussi destiné à esquisser le
caractère du personnage — avaient disparu
une à une, successivement brisées par le
recul de la canardière qui était son arme
favorite pour la chasse sur l'eau, et dont il

se servait, contre la coutume, comme l'on se sert d'un fusil ordinaire, c'est-à-dire en appuyant la crosse contre l'épaule et en la maintenant avec la joue. Or Rémondey ayant pris l'habitude d'épauler tantôt à droite et tantôt à gauche, suivant que le gibier partait de l'un ou l'autre côté, cette diable de crosse avait fini par le rendre comme le lion édenté de la fable. La défense qui lui restait n'avait échappé au sort commun que parce qu'elle se trouvait placée sur le devant de la mâchoire supérieure. Voilà de la passion, ami lecteur, ou je ne sais plus à quel désordre de l'âme il faut appliquer ce mot.

Malgré sa condition modeste qui touchait à la domesticité, il n'était pas rare que notre garde fût admis à la table des chasseurs les

plus distingués du pays, pour lesquels il
dressait des chiens d'arrêt ou des limiers
avec un talent du premier ordre, et, quand
il avait un ou deux verres de bon vin dans
la tête, en plus de son compte, il se mêlait
à la conversation avec l'assurance d'un
homme qui ne se sent déplacé nulle part,
interpellant celui-ci, brocardant celui-là, et,
en définitive, divertissant tout le monde,
sans jamais choquer personne. Et qu'il était
amusant, le lendemain, en me traduisant à
sa manière tout ce qui s'était dit à ces dî-
ners où, suivant son heureuse expression
— *les messieurs et les pas messieurs étaient
côte à côte comme dans un cimetière.* — C'é-
tait toujours un sujet d'étonnement pour
moi que la profonde sagacité avec laquelle
cet homme inculte avait tout observé, tout

deviné, tout compris : la fausse bonhomie
de celui-ci, la fausse science de celui-là,
les vraies petites vanités de tous. Que de
fois aussi, lorsque nous nous dirigions ensemble vers quelque rendez-vous éloigné,
ou que nous nous reposions, l'un à côté de
l'autre, à l'ombre d'une haie, après avoir
battu la plaine une grande partie de la matinée; que de fois — dis-je — j'ai pris plaisir à lui faire raconter les aventures plus
ou moins tragiques de sa vie de déserteur.
L'énergie intelligente avec laquelle ce pauvre diable, poursuivi sans relâche comme
un loup enragé, avait défendu pendant dix-
huit mois sa vie de misères et de privations,
était vraiment quelque chose de prodigieux.
Aussi ai-je souvent pensé qu'on ferait un
livre des plus intéressants du récit de ses

ruses pour échapper aux gendarmes, et de
ses inventions pour se procurer, soit du
plomb et de la poudre, soit du pain dans les
moments de disette extraordinaire, alors
que le gibier avait été plus malin que le
chasseur. Ici se place tout naturellement
une anecdote comme preuve à l'appui de ce
qui précède. Si elle vous amuse, chers lecteurs, vous n'en devrez pas moins regretter
de ne l'avoir pas recueillie de la bouche
même de celui qui en a été le héros, et de
qui je la tiens directement.

Dans l'espèce de tanière au fond de laquelle Rémondey s'était retiré, notre déserteur vivait du produit de sa chasse, la plus
grande partie du temps, et, de plus, faisait
vivre son compagnon d'infortune, un nommé
Patias, long gaillard à la face patibulaire,

qui n'était pas, à beaucoup près, aussi industrieux que l'ancien dragon de Schomberg, bien que lui eût été hussard, c'est-à-dire à la bonne école de toutes les maraudes. Chasseurs novices dans les commencements, l'Oreste et le Pylade de la forêt de Demigny auraient plus d'une fois *entendu crier leur ventre* — comme disent les soldats — si la mère du premier ne fût venue, de temps en temps, à leur secours avec quelques provisions rustiques, qu'elle prélevait à grand'peine sur son maigre ordinaire de veuve. Si intrépide que fut le dévoûment maternel, la pénurie de vivres allait parfois jusqu'au dénûment le plus complet, et alors il fallait bien avoir recours aux expédients extrêmes, désespérés, tels que la faim peut les conseiller aux malheureux qu'elle torture.

Un jour — c'était pendant la moisson des blés, comme qui dirait vers le milieu de juillet — les deux réfractaires, qui n'avaient rien mis sous la dent depuis la veille au matin ou l'avant-veille au soir, ne reçurent pas la visite promise et attendue de la mère Rémondey, avec sa miche de pain bis et son morceau de lard. La bonne femme, sur-veillée elle-même par les gendarmes qui pourchassaient son fils, avait sagement pensé qu'elle s'exposerait à indiquer sa re-traite si elle se mettait en route pour aller le trouver. Insensiblement, la faim des deux amis était devenue de la rage, et force leur était de se procurer des aliments, quels qu'ils fussent et n'importe de quelle manière. Après une mûre délibération sur ce doulou-reux sujet, qui n'avait eu d'autre résultat

que de leur démontrer toutes les difficultés
d'une semblable entreprise dans leur position, les deux infortunés songeaient déjà à
se livrer volontairement pour déjeûner au
cachot en attendant qu'on daignât les fu-
siller, quand, du cerveau de Rémondey,
surexcité par le vide de son estomac, jaillit
tout-à-coup une idée qui, dans sa hardiesse,
ne manquait pas de cette originalité, grâce
à laquelle les projets les plus fous réussis-
sent quelquefois où les plus sages échoue-
raient.

La plaine située entre le village de Demigny et la lisière de la forêt, dans les profondeurs de laquelle se cachait l'étang du
Guet, était couverte de moissonneurs et de
moissonneuses, car, en Bourgogne, les
femmes assistent courageusement les hom—

mes dans les plus rudes travaux de la campagne. C'était l'heure du solide repas du
milieu de la journée, et les différentes bandes de paysans et de paysannes, formées en
cercle, se préparaient à manger la succu-
lente soupe aux choux, et faisaient déjà
circuler à la ronde le baril rempli de fraîche
piquette. Ce fut le moment choisi par nos
affamés pour mettre à exécution le plan du
plus inventif des deux, que l'autre ne connaissait encore qu'à moitié. Ils se traînèrent
à plat ventre, comme des loups qui vont
surprendre un troupeau de moutons, et ils
parvinrent, sans avoir été vus, à se glisser
derrière une haie dont les rameaux portaient des myriades de framboises sauvages,
parvenues à peu près à leur maturité. En
un clin d'œil, Rémondey se mit nu comme

un petit saint Jean, et, quand il eut rassemblé
ses hardes en un seul paquet, pour pouvoir
les emporter plus facilement lorsqu'il faudrait battre en retraite, il dit à Patias, qui
le regardait avec stupéfaction :

— Tu vois bien ces mûres? (1)

— Oui... tu veux que nous dinions avec
ça? ce n'était pas la peine d'ôter tes culottes
et ta chemise.

— Écoute-moi, imbécile, au lieu de ba-
varder. Tu vas en prendre autant qu'il en
pourra tenir dans tes deux mains, tu les
écraseras de ton mieux, et tu m'en bar-
bouilleras le corps du haut en bas, des deux
côtés et partout. On ne doit pas plus reconnaître mon... dos que mon visage.

(1) Nom qu'on donne en Bourgogne au fruit de la
ronce.

Patias se mit immédiatement à l'œuvre, et, en quelques minutes, la transformation de son compagnon d'infortune fut opérée, un peu avec l'aide de la nature qui y avait travaillé d'avance.

Alors Rémondey reprit :

— Suis-je bien laid comme ça ?

— Comme les cinq cent mille diables ! à faire avorter une vache !

— C'est ce qu'il faut. Eh bien ! attends-moi là, nous aurons bientôt de quoi nous remplir la panse.

Ces paroles étaient à peine prononcées, que le monstre improvisé s'élançait d'un bond par-dessus la haie, et courait en poussant des hurlements formidables vers le groupe de moissonneurs le plus à sa portée. A la brusque apparition de ce fantôme vio-

lèt, qui agitait ses longs bras dans tous les
sens, et remplissait l'espace de ses sinistres
cris, ce fut un sauve-qui-peut général, une
véritable déroute, et, en bien moins de
temps que le lecteur n'en a mis à parcourir
ces dernières lignes, il ne resta dans les
sillons, subitement déserts, que des écuelles
pleines et des faucilles abandonnées. Rémondey, sans perdre une seconde, fit main-
basse sur les premières avec une dextérité
merveilleuse, et, ayant suspendu à son cou
le plus ventru de tous les barils de piquette,
qui avait une courroie, il rejoignit son compagnon derrière la haie. Peu d'instants
après, ils étaient rentrés tranquillement
dans leur tanière, où ils riaient comme des
bienheureux du succès de leur stratagème,
auquel ils eurent encore recours le surlen-

demain, sans plus de difficulté et avec autant de profit que la première fois.

Le bon de l'histoire, c'est que l'apparition, dans les parages très civilisés de Demigny, d'un monstre qui égorgeait les
hommes, dévorait les enfants et violait
tout s les femmes, sans distinction *d'âge ni
de sexe* — comme s'exprimait un jour un
vieil officier en me parlant de l'aventure des
lanciers polonais à Châtellerault. — C'est
que cette apparition — dis-je — fut prise au
sérieux par la grande masse de la popula-
tion. Aujourd'hui même, après les bulletins
du premier empire et les programmes de
deux ou trois révolutions, on rencontre encore des vieillards obstinés qui vous sou-
tiennent mordicus avoir vu le monstre
occupé à manger une petite fille de dix ans,

et avec ses sabots encore ! On appelait cet
animal inconnu *la Marguerite.* Je n'ai jamais
su pourquoi ; mais le nom m'a toujours
paru bien innocent pour un fléau réputé si
terrible.

Ce fut dans les épreuves violentes de cette
phase périlleuse de sa vie, que l'organisation
physique et le caractère de Rémondey ac-
quirent cette vigoureuse trempe qui avait
fait de lui l'un des chasseurs les plus ex-
traordinaires de son temps, ce qu'il est resté
jusqu'à sa mort. Il se jouait des fatigues et
des dangers avec la facile insouciance d'un
homme accoutumé de longue date à voir
souvent son existence suspendue à un fil.
Sous l'influence de ces mêmes épreuves, ses
sens s'étaient développés jusqu'à atteindre
à la perfection de ceux d'un sauvage, et

rien surtout ne se pouvait comparer à l'é-
tendue et à la finesse de son ouïe et de sa
vue. Aussi, dans ces circonstances de
chasse si compliquées qui font hésiter les
veneurs les plus habiles et les plus résolus,
ne se trompait-il jamais sur le parti à prendre, car il avait vu, entendu, voire même
senti des choses qui avaient échappé à tout
le monde. Le jugement de son coup d'œil,
relativement à l'intervalle qui le séparait
d'un objet, soit en l'air, soit sur le sol, à dé-
couvert ou sous bois, était d'une rectitude
phénoménale, qui lui permettait de tirer et
de tuer à des distances que les gens les
plus compétents en pareille matière regar-
daient comme *impossibles*. A partir du moment où les rares talents de Rémondey
furent arrivés à leur perfection, il ne com-

mit plus une seule erreur en faisant le bois,
et, quand une fois il avait laissé tomber un
regard de côté sur le pied d'un animal, il
jugeait non-seulement son âge, son sexe
et ses habitudes, mais encore il pouvait dire
depuis combien d'heures ou de minutes il
avait passé par là. Quel était son secret? je
ne saurais rien hasarder à cet égard, mais
je l'ai souvent surpris flairant la branche
comme un vieux limier, et un jour j'eus la
preuve que son nez l'emportait en finesse
sur celui de plus d'un chien : Voici comment la chose se passa.

La veille au soir —'c'était au cœur de
l'été et par une chaleur des plus intenses
— j'avais, en me promenant à cheval dans
la forêt, vu par corps un grand sanglier qui
vermillait tranquillement sous des chênes,

ce qui m'avait paru d'une hardiesse d'autant plus extraordinaire, que le soleil ne
faisait que de se coucher. Après m'être
bien assuré que je ne me trompais pas,
c'est-à-dire que le sanglier était bien sauvage, j'étais revenu en toute hâte au château,
et ayant trouvé, sur la porte du chenil, Rémondey qui venait de porter la soupe à ses
chiens, je lui avais conté l'affaire en quatre
mots.

Il va sans dire qu'il s'était empressé de
me répondre qu'il fallait chasser ce voyageur, dès le point du jour, le lendemain.

Il fut convenu qu'il préviendrait Denis
pour qu'il eut à faire le bois de son côté, et
moi je m'engageai à me trouver avec les
chiens sur la levée de l'étang de Bâtard,

une bonne demi-heure **avant le lever du** soleil.

Ainsi fut fait; mais, hélas! ni Rémondey, ni Denis n'avaient connaissance du sanglier.

La terre desséchée n'avait pas gardé l'empreinte de ses pas, et les deux limiers, de prime-abord découragés par l'état du sol, ne s'étaient que très mollement comportés pendant leur travail.

Nous nous demandions s'il fallait, à tout hasard, nous en aller quêter à la *billebande* dans l'endroit où j'avais aperçu l'animal, la veille au soir, et Denis disait que ce serait parfaitement inutile, lorsque, tout-à-coup, Rémondey étendit le bras vers un épais taillis qui se trouvait au-dessous, à la base de la chaussée dont nous occupions le sommet, puis il nous dit, à voix basse et avec une vivacité singulière :

— Mais il est là !

— Ce n'est pas possible — répondit énergiquement le vieux piqueur — j'ai fait le tour avec Finaud, et nous n'avons eu connaissance de rien absolument.

— *Gageons* qu'il y est, papa Denis, et que je vous mène tout droit dessus — riposta Rémondey.

— Allons-y avec les chiens pour nous en assurer — dis-je à mon tour — c'est le meilleur moyen.

Dix minutes après, le sanglier était lancé, et presque immédiatement Denis lui mettait une balle dans l'œil, ce qui commença à lui ôter ses doutes.

— Il aura fait sa nuit sous lui — grom-

mela-t-il entre ses dents lorsque je l'abordai
après son coup de fusil — sans cela Finaud
n'aurait pas manqué la voie.

— Mais comment Rémondey a-t-il deviné
qu'il était là ?

Ici Denis entama une longue discussion
pour me prouver que la chose était toute
simple; mais comme il n'en vint pas à
bout, je m'adressai au sorcier lui-même,
et j'en obtins cette explication très satis-
faisante :

— Monsieur le marquis, je l'avais *senti* :
nous étions à bon vent.

Tant que Rémondey a vécu il y a pas eu
dans toute la Bourgogne son pareil dans
l'art de dresser les chiens couchants, de
sorte qu'il avait toujours chez lui une demi-
douzaine de pensionnaires qu'on lui ame-

nait de tous les coins de la province, et
dont il obtenait des merveilles, sans les
battre et sans les soumettre au barbare régime du collier de force, qui ne les disci-
pline jamais que passagèrement. C'est lui
qui a perfectionné mon fameux Soliman, ce
Napoléon des *Pointers*, qui n'a trouvé de
rival que l'illustre Torquato, le compagnon
du vieux contrebandier des Alpes, dont j'ai
raconté l'histoire dans mes *Gentilshommes
Chasseurs*. J'ai connu aussi un de ses élèves,
nommé Castor et appartenant à un M. Stric-
ker, de Beaune, qui était en chien ce que
lui était en homme : ne se fatigant jamais,
jamais non plus ne prenant une difficulté à
rebours, et chassant par passion comme
son professeur. Ce ne serait pas assez faire
son éloge que de dire qu'il ne lui manquait

que la parole, car il l'avait dans ses regards
et dans sa pantomime. Ce que Rémondey a
tué de gibier avec l'aide de Castor, assez vi-
laine bête d'ailleurs, est incalculable, fabu-
leux, et je n'oserais pas dire, par exemple,
à quel chiffre il était arrivé seulement pour
les bécasses, en 1833, année de sa mort...
Ce sont de ces choses qu'on ne confie qu'aux
gens qui vous connaissent assez pour être
sûrs que vous êtes incapable d'abuser de la
candeur du public.

La médaille des plus grands hommes a
son revers. Pierre-le-Grand était ivrogne;
Frédéric II n'aimait pas les femmes ; Napoléon aimait trop la guerre, l'histoire l'a dit :
pourquoi ne dirais-je pas que Rémondey
abusait de la permission qu'a tout chasseur
d'être un peu braconnier ?

Il l'était sans mesure, sans scrupule, sans
même avoir la conscience du blâme qu'il
encourait pour sa coupable persistance à
tuer tout, partout et toujours. Dès qu'un
perdreau avait assez de plumes pour voler,
et un levraut assez de force pour courir,
pan! il le mettait dans sa carnassière, quitte
à le manger chez lui pour ne pas s'exposer
aux reproches de mon père ou aux miens.
Le temps prohibé n'existait pas pour lui ; la
position intéressante d'une chevrette, d'une
laie ou d'une louve ne lui inspirait nulle
pitié. Comme ces gens qui ont la mono-
manie du meurtre, dès qu'une victime s'offrait à ses coups, la vapeur du crime lui
montait au cerveau, et il fallait que le sang
coulât. Denis, qui avait été élevé à une école
plus sévère, et qui, d'ailleurs — disons tout

— ne tirait que fort médiocrement sur ses vieux jours, Denis le gourmandait sans cesse sur son malheureux penchant au massacre, et un jour, à une ouverture de chasse chez M. Deplace de Maizière, il lui décocha, en présence de vingt personnes, ce terrible sarcasme : — *Mon pauvre Rémondey, si ta mère avait été une hase, il y a longtemps que tu serais mort sur l'échafaud !*

Seule ma mère, en sa qualité de prévoyante maîtresse de maison qui vise au solide, avait beaucoup d'indulgence pour les nombreux méfaits de l'incorrigible tueur, et j'ai même pensé quelque fois qu'elle les encourageait par-dessous main. Il est vrai que, grâce à eux, le croc du garde-manger de Demigny était garni depuis le 1er janvier jusqu'au 31 décembre, et il est des circons-

tances où cela a bien son charme. Qu'en
pensent MM. les juges et autres incorrup-
tibles gardiens de la loi, qui vous mangent
fort bien, quand elle est cuite à point et ar-
rosée de jus de citron, une aile de perdreau
quinze jours avant l'ordonnance de M. le
préfet sur l'ouverture de la chasse?

Lors du douloureux hiver de 1814, tandis
que tous nos voisins, à bout de ressources
et d'expédients, ne savaient plus comment
s'y prendre pour nourrir *nos amis les enne-
mis,* l'abondance ne cessa pas un seul jour
de régner chez nous, parce que mon père,
seul dans le pays, avait eu la très heureuse
idée de demander au prince de Hesse-Hom-
bourg, commandant en chef de l'armée autrichienne dirigée sur Lyon, un port-d'armes
et une permission de chasse pour son garde,

lequel, comme on peut bien le supposer, usa
largement de ce privilége, qu'il ne partageait
avec personne à plusieurs lieues à la ronde.
Je crois que ce fut l'année la plus heureuse
de la vie de Rémondey, celle dont le souvenir lui était le plus particulièrement précieux. Le soir, il revenait au logis chargé de
trois ou quatre lièvres suspendus sous sa
blouse, et parfois d'un chevreuil ou d'un
marcassin posé en travers sur ses épaules ;
le matin, il s'en allait, au petit jour, faire
une promenade sentimentale sur la rivière
ou autour des étangs, et il rentrait avant
l'heure du déjeûner, ployant sous sa charge
d'oies sauvages, de canards et de sarcelles,
comme un porte-faix qui s'en va à la halle ;
après midi, quand mon devoir était fait, et
même quand il ne l'était pas, il me menait

le long des haies, où nous tirions des grives et des merles, dont on faisait ensuite de longues brochettes qui étaient fort du goût d'un très aimable jeune homme, le comte Benedeck, alors lieutenant dans un régiment d'infanterie hongroise, et aujourd'hui l'un des meilleurs généraux de l'armée autrichienne. Tous ces faits me sont aussi présents que s'ils s'étaient passés hier.

A propos de ces innocentes tueries de grives et de merles, je dirai qu'il n'y avait pas de chasse, si petite qu'elle fut, que Rémondey jugeât indigne de lui, semblable en cela à ces amoureux passionnés qui attachent du prix aux moindres faveurs. Un jour il menait un sanglier avec quinze chiens et la trompe sur l'épaule, et le lendemain il tuait des alouettes au miroir

avec le même bonheur qu'un écolier en vacances : faute de mieux il aurait tiré sur
des papillons, et je ne voudrais pas jurer
qu'il ne s'est jamais permis cette plaisanterie. Quelles bonnes parties nous avons
faites ensemble ! Dans un rayon de quatre
lieues autour du village que j'habitais, il
n'existe pas un champ, un buisson, un rocher ou un ruisseau que je n'aie battu,
fouillé, tourné ou longé avec lui. Et comme
il était toujours de bonne humeur ! comme
il répandait, par ses saillies originales, du
charme sur un plaisir qui en offre déjà tant
par lui-même ! Jamais découragé ! jamais à
bout de ressources ! ne connaissant ni les
dégoûts de la satiété, ni les défaillances de
l'insuccès ! Quand il marchait à la tête d'une
bande de chasseurs exténués par une lon-

gue course et rebutés par d'infructueuses
recherches, on le voyait tout à coup bondir
huit ou dix fois de suite, et l'espérance rentrait subitement dans les cœurs alanguis.
Quel serviteur! quel compagnon! La nature
ne produit que bien rarement de pareils
hommes.

Rémondey a terminé sa carrière, jeune
encore puisqu'il entrait à peine dans sa cin-
quante-deuxième année, pendant un voyage
que je fis en Italie vers la fin de 1833, ainsi
j'ai eu le chagrin de ne pas recevoir son
dernier soupir. Pendant son agonie, agonie
puissante comme celle de tous les individus
fortement organisés, chez qui les liens d'une
grande passion se brisent en même temps
que ceux de la vie, le pauvre vieux garde

mêla souvent mon nom aux visions cynégétiques qui traversèrent son cerveau à
cette heure suprême de la mort où tout le
passé se retrace, dit-on, à la mémoire. Sa
veuve et ses enfants sont restés convaincus
qu'il avait quelque secret important à me
confier, parce que son agitation devenait
plus pénible chaque fois qu'il m'avait appelé en vain. Qui sait s'il ne voulait pas
m'initier, *in articulo mortis,* à quelques-uns
des secrets d'une science qu'il avait poussée
à sa plus grande perfection? Si cela est,
mon absence au moment de sa fin doit être
un regret de plus pour moi, et ce regret,
mes lecteurs ont le droit de le partager,
car si j'eusse reçu les dernières confidences
de cet homme si richement doué, je ne les
aurais certainement pas gardées pour moi

seul : on sait combien ma conscience est scrupuleuse sur ce point.

Nous avions, avec Rémondey, un autre garde nommé Henry, devenu, en outre, homme d'affaires au château un peu plus tard, et qui était encore à mon service, en cette double qualité, lorsque j'ai vendu la terre de Demigny en 1859. C'était aussi un fin chasseur, un tireur d'une rare adresse et un valet de limier comme l'on n'en rencontre pas souvent, même dans les équipages de premier ordre. Nul ne s'entendait mieux que lui à organiser une chasse, à la soutenir et à diriger adroitement vers les postes *immanquables* (1) les personnages de distinction pour lesquels on voulait arran-

(1) On les appelle communément ainsi, bien qu'on y manque quelquefois.

ger un hasard heureux. Henry, enfant du peuple comme son camarade (son père était tuilier, et lui-même l'avait été dans sa jeunesse) Henry avait un esprit très agréable pour un homme de sa condition, d'excellentes manières, des sentiments fort au-dessus de son état, et un extérieur d'une rusticité distinguée , si j'ose m'exprimer ainsi, qui prévenait généralement en sa faveur et le faisait bien accueillir partout. Si dans certaines parties, à ne considérer en lui que le veneur, il égalait presque Rémondey, il lui était très inférieur dans d'autres, parce que son penchant décidé pour la chasse avait moins le caractère d'une passion exclusive et violente, que celui d'un goût élevé et délicat. Il l'aimait en artiste intelligent bien plus qu'en fanatique aveu-

gle, et, s'il la préférait à tout, il pouvait se
plaire à autre chose. Il y avait même des jours
où, comme Henri IV, il se serait volontiers
écarté du champ de bataille pour suivre une
bavolette (1) sous la feuillée : Rémondey aurait plutôt renouvelé l'exemple d'Origène que
de s'abandonner à une pareille faiblesse.

Denis, le Nestor des veneurs Bourgui-
gnons, reconnaissait, et en cela il n'avait
pas tort, Henry pour un de ses meilleurs
élèves. Il lui avait enseigné ses façons cour-
toises de serviteur de grande maison, son
bon langage, sa tenue respectueuse en présence de ses maîtres et de leurs amis, et la
prudente réserve de parole qu'il regardait
avec raison comme la qualité essentielle

---

(1) *Bavolette* — jeune fille de la campagne. Charmant
vieux mot qui n'est plus employé.

de l'homme de chasse. Nourri à l'école des
véritables docteurs de la science cynégétique, quand les valets de limier, de retour
au rendez-vous après leur quête terminée,
faisaient leurs rapports divers, celui de
Henry se distinguait toujours de ceux de
ses camarades, quels qu'ils fussent, par la
bonne ordonnance des faits, la clarté du
récit, le choix heureux des expressions,
qui étaient très précises et tout à la fois très
poétiques, et la façon peu décourageante
dont il énonçait ses doutes, car, dans son
respect pour les principes, il se serait bien
gardé de n'en point exprimer alors même
qu'il n'en aurait pas eu. Il n'omettait aucun
détail, si peu important qu'il fut, parce qu'il
savait qu'à la chasse comme à la guerre tout
renseignement a sa valeur; mais il avait

soin de passer rapidement sur ceux qui ne
lui semblaient pas mériter une grande attention, et si un des assistants l'interrom-
pait pour lui adresser une question oiseuse,
il lui répondait avec la fermeté respectueuse
et spirituelle d'un courtisan consommé qui
remet à sa place un prince mal élevé et
maladroit. J'ai souvent assisté à des petites
scènes de ce genre, et je n'ai jamais cessé
de m'étonner du tact exquis et de la mesure
parfaite avec lesquels cet homme, dont l'é-
ducation s'était faite au chenil et au bois,
savait maintenir son droit d'être pris au sérieux quand il rendait compte de ses faits
et gestes à ceux qui lui avaient permis de
parler; et un jour que je lui avais reproché
doucement de s'être montré un peu suscep-
tible envers un de mes amis, qui lui avait, à

la vérité, coupé fort gauchement la parole pour lui dire une puérilité absurde, il me fit cette réponse très remarquable, à mon avis du moins — *monsieur le marquis, per-sonne ne doit m'interrompre tant que mon maître a la bonté de m'écouter patiemment.*

Une chose où Henry excellait encore, lorsque nous chassions pour tuer, et que je l'avais chargé, ainsi que cela arrivait neuf fois sur dix, de placer les tireurs, c'était dans l'art avec lequel il parvenait à prouver à chacun d'eux qu'il lui avait donné le meil-leur poste. Il obtenait ce résultat au moyen d'une multitude de petites phrases d'une finesse charmante et d'une flatterie sans pareille qui ne manquaient jamais leur effet. A celui-ci il montrait une étroite cou-lée dans le fort, et il l'engageait à surveiller particulièrement ce point, qui lui paraissait être une des passées favorites de l'animal détourné; à celui-là il recommandait le silence le plus profond et l'immobilité la plus absolue, attendu que le sanglier ou le chevreuil ne devait pas être bien loin de lui; à un autre il faisait valoir l'avantage d'être placé à bon vent; à un quatrième il avait réservé d'avance en son esprit le contre-pied, poste important qui réclame toujours un tireur d'élite; puis, quand il avait épuisé toutes ses formules encourageantes, il avait recours à la pantomime, et c'était d'habitude ce qui lui réussissait le mieux. Voici dans ce cas comment il s'y prenait pour atteindre son but, qui était de laisser un peu d'espérance à chacun. Il s'arrêtait, avec le dernier chasseur à pourvoir, devant un énorme buisson, posait d'abord un doigt en travers sur sa bouche, geste dont la signification n'a pas besoin d'être expliquée, et ensuite il se mettait à casser çà et là quelques petites branches qui obstruaient la vue et gênaient le mouvement des bras, ce qui amenait tout naturellement l'heureux mortel dans l'intérêt duquel on prenait toutes ses précautions, à se dire — *il est évident que je dois tirer ici* — plus tard les chiens lançaient, on entendait un coup de fusil, quelquefois deux se suivant de près... c'était Henry qui avait tiré et tué. Eh bien ! personne ne lui en gardait rancune, parce que, grâce à ses ingénieuses promesses, toutes les âmes avaient palpité d'émotion pendant quelques instants... et puis, d'ailleurs, quel est le disciple de saint Hu-

bert vraiment digne de ce nom qui ne pardonne pas plus facilement un succès à un
inférieur qu'à un égal, fût-il même son plus
intime ami? oh! notre homme en savait
bien plus long que beaucoup de philosophes
de profession sur les innombrables faiblesses
du cœur humain.

Comme Rémondey, Henry saisissait les
ridicules avec une facilité merveilleuse, et,
dans l'occasion, il vous lançait aussi, sous
forme d'épigrammes, de ces sobriquets
qui restent accrochés aux individus pour
toute la durée de leur vie; seulement ses
mots avaient plus *d'atticisme* — qu'on me
passe cette expression raffinée — que ceux
de son compagnon, et il les produisait avec
plus de prudence, parce qu'il n'était pas
reçu qu'on lui devait tout tolérer comme à

l'autre, qui avait acheté au prix des mal-
heurs de sa jeunesse le droit de tout se
permettre dans une certaine mesure. Mais
quand ils étaient ensemble, n'ayant que
moi pour témoin de leurs licences de langage, et s'excitant l'un l'autre à qui en
dirait le plus, Henry m'amusait bien davantage que Rémondey, qu'il égalait en verve
et surpassait en finesse. Son talent naturel
pour contrefaire atteignait presque à celui
d'Alexandre Wattemare, le fameux mime
américain qui est resté pendant quatre
jours dans une famille avec une autre
figure que la sienne. Henry n'imitait pas
seulement la physionomie et les gestes les
plus habituels des personnes, mais encore
leur son de voix, leurs phrases, leurs tics
les moins saillants, et tout cela avec des

nuances qui témoignaient d'un bien rare
esprit d'observation et d'une grande délicatesse de goût. Au nombre des scènes qui
composaient son répertoire, il y en avait
une, véritable chef-d'œuvre d'imitation, que
je lui redemandais toujours, à nos haltes
du milieu de la journée, ou le soir, dans
quelque misérable bouchon, quand nos
chiens avaient mis bas trop loin et trop tard
pour que nous puissions venir coucher
chez nous. J'avais nommé cette scène —
la venette de l'épicier ; — comme elle a eu
pour origine un fait de chasse, il ne sera
pas hors de propos que je dise ici en quoi
elle consistait.

Au mois de septembre 1825, nous avions,
à l'occasion du mariage de ma sœur, qui
devait avoir lieu prochainement, besoin

d'une surcroît de gibier au château. Déjà
nous étions parvenus à réunir au garde-
manger deux chevreuils, une demi-douzaine
de lièvres et bon nombre de perdreaux,
mais mon père tenait essentiellement à une
hure monstrueuse pour faire un bout de
table, et il m'avait signifié qu'il lui fallait le
plus grand sanglier de la forêt, ou sinon
qu'il me retirerait son estime comme chasseur. Il va sans dire que je ne demandais pas
mieux que de lui complaire ; mais il en est
de la chasse comme de beaucoup d'autres
choses : la bonne volonté ne suffit que quand
elle est accompagnée d'un peu de bonheur.

Le grand jour approchait, et, après plusieurs tentatives infructueuses, le solitaire
exigé courait encore les bois, lorsqu'un
matin, vers dix heures, Henry entra tout

essouflé dans ma chambre pour me dire qu'il avait remis au fort Mornay un animal pesant au moins 350 ; que Rémondey était resté près de l'enceinte, afin d'en détourner les troupeaux, et qu'ils étaient tous deux d'avis d'attaquer avec trois ou quatre chiens seulement, mais d'amener autant de tireurs qu'on en pourrait rassembler dans le village, où il ne serait pas difficile d'en trouver, attendu que plusieurs *bourgeois* étaient déjà arrivés de la ville pour faire leurs préparatifs de vendange.

Je me démenai si bien, qu'avant qu'une heure se fut écoulée je quittais le château à la tête d'une vingtaine de volontaires dont le zèle m'avait vivement touché, mais qui ne m'inspiraient pas une grande confiance sous le rapport de leur adresse: ils ma-

niaient en général leurs armes à donner la
chair de poule à leurs voisins.

Parmi eux il y avait un brave épicier de
Beaune, nommé *Clément*, et j'ose dire que jamais nom ne fut mieux approprié à un personnage. Le visage de ce digne homme était
tout sucre et tout miel comme sa boutique;
son regard avait l'expression caressante de
celui d'un chien qui a peur d'être battu; il
ne parlait qu'à voix basse, ne marchait qu'à
petits pas, et chaque fois que je lui adressais
la parole, il me saluait jusqu'à terre, en
fixant sur ses lèvres le plus doucereux de
ses sourires. Si jamais on fait l'autopsie de
M. *Clément*, je suis convaincu qu'au lieu
de sang on trouvera du caramel dans
ses veines, et dans sa tête, en place de
cervelle, un paquet de cassonnade.

Dans le trajet, ne sachant trop que lui dire, je lui demandai s'il aimait beaucoup la chasse.

Il me répondit affirmativement.

— Et y êtes-vous heureux ? — repris-je.

— J'ai déjà tué une grive, monsieur le marquis.

— Ce matin ?

— Excusez-moi... en 1813. Depuis cette époque j'ai eu moins de chance, mais je ne suis pas ambitieux.

Je réprimai à grand'peine un éclat de rire, et pour ne pas succomber à la tentation à une seconde épreuve, je me mis à causer avec un chasseur moins naïf que celui-là.

Quand nous fûmes rendus au fort Mornay, et que chacun eut chargé son fusil, je tirai

Henry à part, et je l'engageai à ne pas donner un poste de choix à M. Clément, qui n'avait jamais tué qu'une grive dans sa vie.

Il fut convenu que nous le garderions entre nous deux au contre-pied où nous devions nous placer.

Ainsi fut fait.

Le solitaire, contre la coutume des vieux sangliers qui n'aiment pas qu'on les dérange, quitta sa bauge aux premiers cris des chiens, avec autant de facilité qu'un lapin qui s'est rasé sous une touffe de fougères. Il rôda d'abord dans l'enceinte pour en explorer prudemment les diverses issues, et les trouvant toutes bien gardées, il se dit que ce qu'il avait de plus sage à faire était de s'esquiver par où il était venu : les ani-

11

maux sont quelquefois aussi stupides dans leurs raisonnements que les humains.

En conséquence, après avoir bourré ma petite meute, sans trop de colère et pour l'acquit de sa conscience, il se dirigea vers sa rentrée du matin, et nous l'entendîmes arriver sur nous au petit trot dans les broussailles.

Je fis signe à M. Clément de se mettre sur ses gardes, et je m'aperçus alors qu'il était pâle comme un spectre, et si tremblant qü'il avait peine à se soutenir.

Cependant, le sanglier avançait toujours sans se presser, et quand je pus l'entrevoir confusément à travers les branches, je reconnus qu'il allait droit au pauvre épicier.

Celui-ci poussa un cri de détresse formidable, porta machinalement la crosse de

son fusil à son épaule en détournant la tête,
et *pan ! pan !* ses deux coups partirent en
même temps ou peu s'en fallait.

Puis il laissa tomber son arme, et je le
vis s'accrocher des pieds et des mains à un
baliveau, comme un gamin qui essaie de se
hisser au sommet d'un mât de Cocagne, un
jour de réjouissances publiques.

Je n'avais pas quitté mon poste, m'attendant toujours à tirer, quand tout-à-coup
mes regards, qui cherchaient à percer les
sombres profondeurs du taillis, tombèrent
sur une grosse masse noire, parfaitement
immobile, que je jugeai devoir être notre
sanglier, si extraordinaire que cela me parut d'abord.

Un examen plus attentif m'ayant prouvé

que je ne m'étais pas trompé, je n'hésitai
plus à crier *hallali !*

— Est-ce vous qui l'avez tué, monsieur le
marquis ? — demanda Henry, qui accourut
aussitôt.

— Non, c'est monsieur Clément.

— Mais, où donc est-il ?

Je lui montrai notre homme cramponné
à une branche comme un singe.

Alors il se passa une scène vraiment impossible à décrire. Le malheureux épicier,
toujours suspendu à son baliveau, continuait
de pousser des cris lamentables, qu'il n'inter-
rompait que pour m'accabler de reproches
et d'injures : que je l'avais attiré dans un
horrible guet à pens ; que j'étais un aristo-
crate sans entrailles ; que s'il mourait de
frayeur, comme il en avait certes bien le

droit, je serais obligé de faire une pension à
sa veuve et à ses orphelins, etc., etc., etc.
Nous avions beau lui répéter, Henry et moi,
qu'il était un héros ; que le solitaire avait
succombé sous ses coups ; qu'il n'y avait
plus aucun danger à descendre de son ar-
bre ; que nous l'attendions pour le porter
en triomphe, il n'entendait rien, ne compre-
nait rien, ne voyait rien. Ce ne fut qu'après
une grande demi-heure de ce manége que
nous parvînmes à le faire monter dans une
charrette, et à l'asseoir sur le *monstre*, qu'il
avait bel et bien tué de sa main, et encore
n'y voulut-il consentir qu'à la condition que
je prendrais place à côté de lui sur ce siége
d'une nouvelle espèce.

Telle est l'aventure nommée par moi —
la venette de l'épicier — racontée, elle n'a

pas grand sel, mais mimée par Henri, c'é-
tait la plus agréable farce qu'il fut possible
d'imaginer. Tout ce qu'il faisait dire à
M. Clément du haut de son baliveau était
du comique le plus franc et le plus fin. Et
quelle imitation des personnages ! car je
jouais aussi mon rôle dans cette petite
scène. Je ne crois pas que l'art puisse jamais
aller plus loin dans ce genre. A Paris, et
sur un de nos petits théâtres, *la vencile de
l'épicier* aurait deux cents représentations
de suite, comme l'*Ours et le Pacha*, de très
désopilante mémoire.

Henry, dont les hasards de la destinée
m'ont séparé en 1839, m'écrit de temps en
temps pour se plaindre de la changeante
fortune et me dire qu'il m'est toujours attaché. Il ne chasse plus, il vieillit, il est mo-

rose, et s'il ne s'est pas aperçu tout de suite qu'il avait en moi un bon maître, il le sent bien aujourd'hui, qu'il en a trouvé un mauvais. Décidément, il y a dans la vie une foule de circonstances où un homme peut ressembler en petit à un peuple qui a accepté trop facilement une révolution.

Monsieur Dubarat.

Dans ma petite jeunesse — comme s'exprimait le feu prince de Talleyrand, quand il
parlait de l'heureux temps qui s'était écoulé
entre sa sortie du collége aristocratique de
Picpus et son entrée au séminaire de Saint-

Sulpice — *dans ma petite jeunesse* — dis-je
— mon père me menait régulièrement,
chaque automne, passer un mois ou six
semaines au château d'Ecot, situé à l'extrême
limite de la Champagne, entre le Barrois et
la Lorraine. C'était un ancien patrimoine
de la maison de Bologne, venu dans la nôtre
par le mariage de mon père avec une des
filles du marquis, l'illustre veneur, mais que
la révolution avait fait tomber dans des
mains étrangères, comme presque toutes les
propriétés de la noblesse française. Il appartenait alors à MM. Michel frères, qui
pouvaient à bon droit s'enorgueillir d'en
avoir été les fermiers jadis, car leur con
duite envers mon père, lors de sa rentrée
de l'émigration, avait été à la fois généreuse
et délicate. Ils étaient donc tout naturelle-

ment devenus ou plutôt restés les amis de
la famille, et l'on ne saurait rien imaginer
de plus cordial que l'accueil que nous rece-
vions sous leur toit, à chacune de nos
très longues visites, toujours trop courtes
cependant à leur gré et au nôtre, le plaisir
de se voir étant franchement réciproque
entre nous.

Comme pays et comme habitation, Ecot
était un de ces ravissants séjours tels que
l'on n'en voit qu'en rêve, et encore quand
on est doué d'une imagination riante et poé-
tique. Le château, récemment et parfaitement restauré par les nouveaux possesseurs,
était vaste, commode, très bien distribué,
arrangé du haut en bas avec une simplicité
du meilleur goût, qui ne sentait en aucune
façon le parvenu. Les anciens fossés avaient

été remplacés, avec beaucoup d'entente, par
de hauts talus gazonnés, sur le flanc desquels serpentaient en courbes gracieuses
une multitude de petits sentiers conduisant
dans le parc, que sillonnaient, en se co-
toyant à une portée de fusil seulement, deux
rivières transparentes comme le cristal, de
plus vives, bruyantes et fabuleusement pois-
sonneuses. Ce parc, largement dessiné à
l'anglaise, avec force fabriques, kiosques et
ponts de tous les genres, avait pour cadre
trois majestueuses collines, je pourrais
presque dire des montagnes, couvertes, de
la base jusqu'au sommet, des plus beaux
bois du monde. Elles formaient une étroite
vallée qui se terminait, en s'élargissant tout-
à-coup, par un étang d'une limpidité déli-
cieuse, auquel aboutissaient, pour le traver-

ser, les deux rivières dont je viens de parler, à peu près comme le Rhône entre dans le lac de Genève, pour en ressortir à l'extrémité opposée et continuer sa course. Le petit village d'Ecot, qu'animait le mouvement d'un haut-fourneau considérable, était groupé de la manière la plus pittoresque sur les deux rives de cet étang, qui lui servait de miroir, et le long de ces belles montagnes, qui lui versaient l'ombre et la fraîcheur dans les jours brûlants de l'été, et l'abritaient des vents de nord et d'ouest pendant l'hiver. J'ai beau fouiller et refouiller dans mes souvenirs, je ne crois pas avoir jamais vu d'ensemble plus attirant et plus gracieux que celui qu'offrait cette mystérieuse vallée, avec son château flanqué de quatre tourelles aux toits pointus, son parc, que l'on aurait volontiers pris pour l'enfant de la forêt couché aux pieds de sa mère, sa forge, ses eaux murmurantes et ses hameaux à demi noyés dans la verdure de ses bois. Aussi, chaque fois que mon imagination s'amuse à créer une de ces retraites champêtres comme il n'en existe pas, c'est Ecot qui me sert de modèle : dès que je ferme les yeux avec cette intention, je le revois à l'instant même par la pensée, aussi fidèlement reproduit que si je l'avais quitté hier.

Sous le rapport de la chasse, je suis également dans la conviction qu'il ne saurait exister rien de plus favorisé que ce pays pour l'abondance et la variété du gibier. A l'exception des cerfs, dont les derniers avaient disparu pendant la longue tour-

mente de 1789, il possédait de tout à foison,
rare fortune pour le veneur , qui n'a jamais
assez que quand il a trop. Dans la forêt —
et elle s'étendait, ainsi que je l'ai dit, jusqu'à la lisière du parc — il y avait des sangliers, des chevreuils, des lièvres et des la-
pins; dans la plaine — celle-ci commençait
immédiatement au-delà du vaste périmètre
boisé — force perdreaux, cailles et bécasses,
ces dernières à l'époque du passage seulement, cela va sans dire; puis, aux alentours
des ruisseaux et des fontaines, des myriades
de grives et de merles parfumés au genièvre,
et de rouge-gorges dodus comme des orto-
lans, que l'on prenait, le soir au coucher
du soleil, à une espèce de pipée appelée
tendue en Champagne et en Lorraine, et
qui se fait ordinairement au bord de quelque

source où ces oiseaux viennent se désalté-
rer à la nuit tombante. La nature avait été
aussi très généreuse, on pourrait presque
dire prodigue, envers les amateurs de pêche
dans ce petit coin du monde vraiment pri-
vilégié, car je n'ai vu nulle part de plus
monstrueux brochets, de plus belles truites
saumonnées et de plus grosses et plus succu-
lantes écrevisses. A Ecot, sans exagération
aucune, il y avait donc dix manières différentes de chasser et de pêcher du matin au
soir, avec la certitude de ne jamais revenir
bredouille au logis, soit qu'on en fut sorti
avec un fusil et une carnassière, ou avec un
filet et un panier. On peut se figurer, dès-
lors, quelles bonnes vacances d'écolier je
devais passer dans un pareil séjour.

Bien que messieurs Michel, en devenant

cinq ou six fois au moins millionnaires, fussent restés franchément maîtres de forges, vendant au quintal leurs fontes, leurs fers et leurs aciers, ils avaient contracté, avec cette facilité qu'ont certains hommes d'élite de s'élever sans effort au-dessus de la condition dans laquelle ils sont nés ; ils avaient contracté — dis-je — des habitudes aristocratiques, grâce auxquelles ils s'étaient créé, à peu d'années d'intervalle de la révolution, une existence tout-à-fait seigneuriale, à l'instar des nobles et hospitaliers châtelains de la fin du dix-huitième siècle. Leur domestique était nombreux, leur table, toujours largement et délicatement servie, ouverte à tous venants, et dans l'ancien chenil, à jamais immortalisé par l'équipage émérite du marquis de Bologne, hurlait une

meute de cinquante à soixante chiens, que
l'illustre veneur n'aurait certes pas dédai-
gnée de son vivant, car elle était vigoureuse,
intrépide et merveilleusement bien dressée,
quoiqu'elle eut été recrutée un peu partout.
Ce détail essentiel du luxe des nouveaux
châtelains d'Ecot avait pour surveillant spé-
cial le plus jeune des deux frères Michel, à
qui ses parents, dans sa jeunesse, avaient
donné le nom de Dubarrat pour le distin-
guer de son aîné.

Ce dernier était un homme d'une taille
fort au-dessus de la moyenne, très compassé
dans ses manières et toujours tiré à quatre
épingles, soit qu'on le rencontrât, le matin,
dans les longs corridors du château, enveloppé dans une ample redingote de molleton blanc, soit qu'on le vit entrer, un peu

avant l'heure du dîner, dans le salon, vêtu
d'un magnifique habit bleu barbeau à bou-
tons d'or, d'un gilet de piqué blanc, d'une
culotte très collante de casimir gris perle
ou chamois, et portant des bottes à revers
étincelants, suivant la mode de l'époque. Il
avait conservé, de l'ancien régime, la poudre
et la petite queue en salsifis, coiffure qui
semblait faite pour sa physionomie régulière,
froide et un peu sardonique. Tel que je le re-
trouve dans ma mémoire, il me représente
assez bien un beau portrait de fermier-gé-
néral d'autrefois, que le peintre aurait eu la
singulière fantaisie d'affubler du costume
d'un élégant Mondor du temps de l'empire.
L'aîné des deux châtelains d'Ecot avait un
faux-trait dans les yeux ; à la rigueur on
aurait pu même soutenir qu'il était *franche-*

ment louche; eh bien ! cette défectuosité,
qui est presque toujours funeste à un visage,
si beau qu'il soit, donnait au sien une expression de douceur et de finesse d'un agrément infini. Ce maître de forges, fils d'un
ancien fermier, était d'une politesse ex-
quise, bien qu'un peu solennelle, d'une rare
distinction de manières, dans le genre *père
noble*, et quand il se mettait dans la tête
d'être aimable, aimable à la façon du siècle
où il y avait une bonne compagnie, il s'y
entendait mieux que personne. J'ai vu des
madrigaux et des bouquets à Chloris com-
posés par lui qui ne sentaient pas du tout le
comptoir, ma foi! et je me suis *laissé* dire
qu'il était le véritable auteur de ce rébus si
connu, première hardiesse de tous les collé-
giens amoureux :

Pir	vent	venir
Un	naît	d'un

Toujours est-il que M. Michel avait la réputation d'être fort galant, et que, dans le pays, les mauvaises langues, l'accusaient sourdement d'avoir rétabli, pour son usage personnel, et dans toute la rigueur des temps féodaux, *certains droits du seigneur* tombés en désuétude pendant la longue et honorable vie du marquis de Bologne, et abolis irrévocablement par les chastes et vertueux réformateurs de 1789. Je rapporte le fait sous toutes réserves, comme disent nos prudents journaux d'aujourd'hui quand ils s'aventurent à annoncer que *Menchikoff* (1)

(1) J'écris ce nom comme les *Chauvins* de 1855 le prononcent.

a reçu un renfort de quatre hommes et un caporal ; car l'âge que j'avais alors ne m'a pas permis d'en constater l'exactitude. Je suis d'ailleurs de très bonne composition sur tout cela, et il ne faudrait pas me presser beaucoup pour m'amener à déclarer que, dans mon opinion, le gentilhomme qui disait à une Agnès de village — *Aime-moi un peu, je suis ton seigneur* — valait bien le parvenu qui achète une fille à sa mère, ainsi que cela se pratique tous les jours. Donc si M. Michel s'était mis sur le pied d'imiter le premier de préférence au second, son choix était une preuve de goût et peut-être même de moralité, parce que, à la victime de la séduction directe, il reste toujours le refuge du sein maternel, tandis que la malheureuse créature que sa mère a vendue *en gros* n'a plus d'autre ressource que de se revendre elle-même en détail.

Bien que les deux frères Michel ne fussent mariés ni l'un, ni l'autre, le beau manoir d'Écot ne manquait pas de châtelaines pour cela, ces messieurs ayant deux sœurs qui ne les quittaient jamais et les aidaient à faire les honneurs de la maison, avec autant de grâce et de suite, que si elles eussent été leurs compagnes. L'aînée était veuve et se nommait madame Lallemant. Quoiqu'elle eût déjà dépassé la quarantaine de quelques années quand je l'ai vue pour la première fois, et que je fusse à l'âge où tout ce qui n'est pas très jeune paraît vieux et laid, cette bonne dame me fit l'impression la plus agréable quand elle daigna avancer vers moi son visage frais et souriant comme celui d'une belle et gracieuse nourrice, et qui, de plus, embaumait la poudre à la maréchale. Jamais femme n'a mieux ressemblé que celle-là à une de ces bonnes grosses roses à cent feuilles qui, bien que cueillies de la veille, et déjà un peu privées de leur velouté, plaisent encore par leur épanouissement, leur éclat et leur parfum. Madame Lallemant ne se levait qu'à deux heures pour dîner, ne marchait pas, ne s'exposait ni au soleil, ni à la pluie, ni au vent, ce qui ne l'empêchait pas d'être la plus charmante maîtresse de maison qui se puisse imaginer : toujours gaie, toujours de bonne humeur, toujours occupée à organiser pour les autres des parties de plaisir auxquelles elle savait bien qu'elle ne prendrait pas part. Elle était la joie du salon ; à table, elle mettait tout le monde en train, comme une franche et spirituelle chanson à boire; le matin, quand j'allais, par un privilége dont j'étais fort jaloux, déjeûner à côté de son lit, elle ne manquait guère d'avoir une ou deux bonnes histoires à me conter, et au moins autant d'excellentes friandises à m'offrir. Et puis, comme la grande chasse m'était encore interdite à l'époque dont je parle, elle arrangeait pour moi des *tendues* dans un endroit délicieux appelé les Trois-Fontaines, ou des pêches à la fourchette dans les ravissants ruisseaux du parc, le tout sous la surveillance d'un de ses neveux, mon aîné de quelques mois seulement, mais à qui on attribuait une raison très supérieure à la mienne, parce qu'il était beaucoup plus bête que moi. Je n'ai jamais su le véritable nom de ce compagnon *des jeux de mon enfance,*

attendu qu'au château maîtres et gens s'é-
taient mis sur le pied de lui substituer un
sobriquet. Le pauvre diable était affligé d'un
nez court et large qui lui couvrait la moitié
du visage, et on l'avait baptisé *le Camuzon*.
J'ignore ce qu'il est devenu, mais, s'il existe
encore, et que ces lignes tombent sous ses
yeux, je lui rappellerai que c'est en son honneur que ma muse s'est manifestée pour la
première fois, dans cette chanson qui faisait
pâmer de rire la bonne madame Lallemand.

» Vive, vive le Camuzon
» Avec sa gross' pomm' de terre :
» Vive, vive le Camuzon,
» C'est un excellent garçon !

» Il a la caboche un peu dure,
» Sa mémoire n'est pas très sûre,
» Et s'il garde bien un secret
» *C'est qu'il ne sait plus qu'il le sait.*

» Vive, vive le Camuzon,
» Etc., etc.

Il y en avait comme cela une quarantaine

de couplets. Mes lecteurs sont bien heureux que ma mémoire ne soit pas plus fidèle que celle du pauvre Camuzon, car je ne leur aurais pas fait grâce d'un seul. Nous sommes tous comme cela dans notre métier.

Mademoiselle Mélanie Michel, la cadette de la famille, était une fort gracieuse et fort séduisante châtelaine, bien qu'on lui reprochât de manquer un peu de naturel. Comme ses deux frères qu'elle aimait tendrement, elle avait pris de bonne heure le parti du célibat, et, en femme de goût et de sens qu'elle était, elle avait tout de suite quitté l'attitude d'une jeune fille qui songe encore à s'établir pour prendre celle d'une avenante maîtresse de maison, désireuse d'être agréable à tout le monde. C'était une grande personne, un peu forte, avec un teint

magnifique, un sourire spirituel et cares-
sant, que ne démentait pas l'expression de
son regard doux et fin, et une voix d'un
timbre vraiment enchanteur. Elle faisait
une foule de petites mines toutes gentilles,
débitait une multitude de petites phrases
toutes charmantes, et elle vous chantait,
les yeux à demi-baissés, des petites chan-
sons à demi-grivoises qui avaient toujours
beaucoup de succès, ce me semble. Somme
toute, mademoiselle Mélanie Michel était
une femme richement douée et très séduisante, qui devait donner aux hommes plus
à même de juger que je ne l'étais alors, l'i-
dée de la *dame aux belles cousines du petit
Jehan de Saintré.* Cette comparaison s'est
souvent offerte à mon esprit depuis, c'est-à-
dire à chaque lecture que j'ai faite de ce

délicieux livre, que nul, j'en suis sûr, n'a jamais savouré qu'une fois dans sa vie.

M. Michel aîné, qui était de cinq ou six ans plus âgé que son frère, et d'une constitution moins robuste, qui, en outre, s'occupait plus particulièrement des grandes affaires commerciales de la maison, ne chassait plus guère qu'en amateur, à l'époque où je suis allé à Ecot pour la première fois, dans l'automne de 1812. Mais son cadet, bien qu'il eut alors parcouru plus de la moitié de l'intervalle qui sépare la quarantaine de la cinquantaine, était encore un rude disciple de saint Hubert, ce qui signifie pour moi un de ces veneurs complets comme je n'en ai rencontré qu'un très petit nombre dans le cours de ma carrière cynégétique. M. Dubarat était un homme de cinq

pieds dix pouces environ, vigoureusement
constitué, assez gras sans être toutefois gêné
par son embonpoint, et porteur d'une physionomie résolue, quelque peu farouche
même, mais qui attirait au lieu de repousser, parce qu'elle annonçait l'intrépidité et
la franchise. Il avait de petits yeux noirs
pétillants d'esprit et de grosse bonne humeur, un grand nez d'une forme riginale,
dont il augmentait encore l'originalité par
sa manière de le barbouiller de tabac à
chaque minute, une bouche railleuse dans
le silence, mais bienveillante et joviale dans
l'action de la parole, et un teint basané
d'une carnation chaude, qui révélait tout de
suite la mâle énergie de sa passion pour tous
les exercices violents. Il causait bruyam-
ment, goguenardait volontiers, jurait sans

avoir besoin de se mettre en colère, et se
permettait quelquefois des anecdotes un
peu gaies quand arrivait le dessert du souper, car on soupait dans cet hospitalier ma·
noir d'Ecot, et ce n'était pas un de ses
moindres charmes à mes yeux et à ceux de
bien d'autres.

Sans avoir jamais cherché à recueillir
aucun renseignement à cet égard, j'ai l'intime conviction que M. Dubarat, qui avait
eu l'honneur de connaître dans sa jeunesse
le vieux marquis de Bologne, et même de
vivre en quelque sorte dans l'intimité de ce
Nestor de la vénerie française d'avant la
révolution, s'était enrôlé de son propre
mouvement sous la bannière de cet illustre
chef d'une école dont les traditions sont
malheureusement perdues aujourd'hui. Il

avait surtout adopté de ce grand maître, mort sur l'échafaud de la terreur, la ténacité contre les obstacles matériels que peut rencontrer un veneur sur son chemin, le profond mépris pour les intempéries des saisons, et le respect des vrais principes de la science cynégétique. Rectitude et présence d'esprit dans le jugement, vigueur et promptitude dans l'action, intrépidité sans jactance, confiance raisonnée en soi-même sans alliage de puéril amour-propre, il ne lui manquait rien de ce qui constitue *l'homme de chasse* accompli. La nature semblait d'ailleurs l'avoir façonné pour ce rôle en lui donnant une de ces constitutions de granit qui résistent à tous les abus qu'une créature humaine peut faire de ses membres, de ses nerfs et de ses poumons. Je ne

pense pas, par exemple, à quelque époque
que ce soit de ma vie, avoir entendu sonner
de la trompe comme M. Dubarat. Ses ap-
pels traversaient l'espace jusqu'à des distances qui trompaient l'oreille de ses compagnons les plus experts, si bien qu'il
arrivait souvent que ceux-ci le croyaient
près d'eux tandis qu'il en était loin encore.
De plus, la puissance de son souffle était
telle, que tous les soirs, de neuf heures à
onze, lorsqu'on avait quitté la salle à manger, il passait en revue tout le répertoire
de ses fanfares, et la liste en était longue,
sur ma foi ! Il avait aussi adapté à chacune
d'elles des paroles fort drôles, mais je ne
pus en apprécier le mérite que plus tard,
attendu que lors de mes premiers voyages
à Ecot, mon père m'envoyait toujours cou-

cher quand M. Dubarat se disposait à entonner un de ses refrains. Ces braves pères sont sur ce chapitre d'une candeur inouïe, et à les voir veiller ainsi sur l'innocence de leurs garçons de quatorze ans, on serait tenté de croire qu'ils ont tous été de petits saints dans leur jeunesse. C'est singulier comme on a peu de mémoire en certaines circonstances.

Ces joyeuses fanfares dont les hôtes du château d'Ecot étaient *régalés* chaque soir, se transformaient en véritables concerts quand on recevait la visite d'un vieux gentilhomme du voisinage, nommé M. de Pointe. Ce digne homme, aussi vaillante trompe que M. Dubarat, allait se poster dans un autre endroit du parc, et alors commençait une conversation musicale d'un charme

infini, à laquelle ne manquaient jamais de
se mêler des multitudes d'échos qui jouaient
aux propos interrompus dans toutes les
directions. Cela semblait avec raison délicieux à tout le monde, et devait naturellement éveiller la passion de la chasse dans
l'âme d'un adolescent, bien disposé d'ailleurs par le sang qui coulàit dans ses veines.
Ce qu'il y a de sûr, c'est que lors de mon premier voyage en Champagne, je ne me plaisais
encore qu'aux jeux innocents de la toupie
et du sabre de bois, et qu'à mon retour il
me fallut des arcs, des arbalètes, des pisto-
lets de sureau et des cornets à bouquin en
écorce de coudrier. J'étais parti enfant pa-
cifique, et je revenais gamin tapageur. On
ne m'ôtera jamais de l'idée que les fanfares
de M. Dubarat ont été pour beaucoup dans

cette transformation qui s'était opérée dans l'espace de quelques semaines.

La configuration du pays au milieu duquel la magnifique terre d'Ecot est située ne permettant guère l'usage du cheval, à une allure un peu vive, les châtelains et leurs hôtes suivaient la chasse à pied, le fusil sur l'épaule, ce qui était du reste une des traditions respectées de l'école à la fois savante et positive du marquis de Bologne, dont le souvenir était encore vivant dans tous les cœurs à cette époque. Il résultait de ce système que si l'on ne forçait qu'une fois sur cent, et par grand hasard encore, il était excessivement rare que l'on ne tuât pas, et cela se renouvelait souvent. Aussitôt que novembre arrivait avec son vaste manteau de brouillard et son long cortége de

sombres frimats, les chasses d'Ecot prenaient du soir au lendemain un caractère
grave, car il était d'usage alors de laisser,
sauf les cas de force majeure, bien entendu,
les chevreuils tranquilles jusqu'au retour du
printemps : c'étaient les sangliers qui en-
traient en scène. Attirés par l'immense
quantité de glands, de faînes, de pommes
sauvages et même de truffes qui se trouvent, vers la fin de l'automne, dans les
bois d'Ecot, il en venait des bandes nombreuses, débouchant à la fois des Ardennes,
des Vosges, et jusque de l'Allemagne. par
les forêts de l'Alsace. Dès que l'invasion de
ces animaux était bien constatée, les grandes
entreprises contre eux commençaient sans
retard et se poursuivaient avec un achar-
nement qui n'admettait aucune trève. Lors-

que le temps était beau on découplait la
meute sur quelque bête isolée, et les choses
se passaient comme partout. Par la neige,
on s'en prenait plus particulièrement *aux
troupes* qui ne s'étaient pas encore séparées,
et on les chassait en battue. Pendant les
fortes gelées on attaquait avec des mâtins
les solitaires connus pour leur humeur farouche, et c'était là le plus curieux, le plus
amusant, le véritable drame enfin. Comme
je n'entends plus dire que l'on fasse encore
cette chasse en France aujourd'hui, je me
permets de supposer qu'elle y est inconnue
ou tout au moins oubliée, ce qui revient au
même, et je pense que mes lecteurs ne me
sauront pas mauvais gré de les en entretenir pendant quelques instants, à propos de
M. Dubarat, qui la préférait à toutes les

autres parce qu'il n'en existait pas alors d'aussi périlleuse qu'elle pour le veneur qui voulait la faire avec conscience.

A de rares exceptions près, les mâtins, comme les lévriers, ne possèdent pas une une très grande finesse de nez, et, en général, s'ils peuvent pousser au début d'une attaque une pointe vigoureuse, ils ne fournissent pas une bien longue carrière de vitesse. Ce qui les distingue, c'est l'impétuosité du premier élan, la tenacité à revenir à la charge et le redoublement d'ardeur que leur donne la vue de leur sang répandu et de leurs entrailles déchirées. Il faut donc, autant que possible, pour peu que l'on tienne à se procurer les plus fortes émotions de ce genre de chasse, s'arranger de manière, le jour où l'on est décidé à la faire

sévèrement, à avoir au **rapport** un solitaire,
un tiers-ans, ou tout au moins un vigoureux
ragot, déjà parvenu à l'âge où le mauvais
caractère de son espèce commence à se
développer. Plus l'animal est mal taillé pour
une fuite rapide, plus aussi il est grognon,
farouche et solidement armé, et plus *le
drame est palpitant d'intérêt dès le lever du
rideau.* Voici, dans les conditions que je
viens d'énumérer, comment il se passe le
plus habituellement. Mâtins et tireurs pé-
nètrent pêle-mêle dans l'enceinte, où les
premiers ont bientôt atteint la bauge du
sanglier. Presque toujours celui-ci, au lieu
de débuter par prendre la fuite devant ses
adversaires, les attend bravement, tantôt
acculé dans un impénétrable buisson d'é-
pines, tantôt adossé contre un chêne au

tronc robuste, et à la minute même le combat s'engage avec une égale fureur de part
et d'autre. Si hardis et si forts que soient
les chiens, ils ne viennent jamais à bout de
vaincre à eux seuls leur terrible antagoniste, que protégent également l'épaisseur
de son cuir et la solidité de sa charpente
osseuse; mais ils l'entourent si bien, le
serrent de si près et lui donnent tant de
besogne de tous les côtés, soit en s'attachant à ses jarrets ou à ses *suites* (1), soit en
le saisissant par les *écoutes* (2), comme des
gendarmes résolus prennent un voleur au
collet, que les tireurs, restés d'abord à
l'arrière-garde, ont tout le temps d'arriver
sur le champ de bataille et de prendre part

(1) Attributs du mâle.
(2) Les oreilles.

à la lutte, chacun dans la mesure de son intrépidité personnelle.

Telle est en gros la chasse du sanglier
avec des mâtins, comme je l'ai vu faire en
Champagne par MM. Michel, et en Bourgogne par feu M. de Changey, un *crâne* vé-
neur aussi, dont je parlerai certainement,
sinon dans cette première revue de mes
souvenirs, du moins dans une de celles qui
suivront, car ceci n'est qu'un ballon d'essai
que je lance un peu à l'aventure au milieu
de mes lecteurs. S'ils lui font bon accueil,
ils savent ce qui les attends: je ne les prends
pas en traître,

Des fâcheux diront peut-être que cette
manière de chasser le sanglier avec des molosses qui le tiennent à la gorge ou *ailleurs*
jusqu'à ce que l'on soit venu lui tirer un

coup de fusil à bout portant, n'est ni loyale
ni savante, et qu'autant vaudrait assister au
spectacle qu'on a pour cinquante centimes
à la *barriere du Combat.* Je ne saurais sous-
crire à une semblable critique, et je main-
tiens que si la science cynégétique n'a rien
de commun avec ce système, il offre du
reste tous les plaisirs que les âmes intrépides recherchent dans une entreprise périlleuse. Puis quelle variété d'épisodes !
Quelle vivacité dans l'action aussitôt qu'elle
est commencée ! Il n'y a jamais de ces phases
languissantes comme il en faut traverser
dans les chasses à courre les mieux con-
duites et les plus brillantes. Vous arrivez,
vous découplez vos dogues, tous plus ou
moins cicatrisés comme de vieux grognards
de la garde impériale, vous vous découplez

vous-mêmes puisque vous entrez au bois
avec les chiens, et deux minutes après, quelquefois moins, vous assistez à un superbe
duel entre des gaillards qui ne badinent pas,
et dans lequel il ne tiendra qu'à vous de
jouer un rôle à un moment donné. Franchement que peut-on souhaiter de mieux
lorsque la terre durcie par le froid rend
toute autre chasse impossible? Essayez-en,
messieurs les veneurs, et vous m'en direz
des nouvelles.

C'était dans les expéditions de ce genre
que le sangfroid et le courage de M. Dubarat se montraient dans toute leur magnifi-
cence vraiment homérique. D'habitude il
abordait la bauge de l'animal détourné en
même temps que ses plus hardis mâtins, et
dans bien des circonstances il lui est arrivé

de mettre le drôle debout d'un coup de pied,
qu'il accompagnait de ces paroles peu cour-
toises : — *Sus, maraud ! nous avons à causer.*
— Il résultait de là que quand les compagnons de l'intrépide veneur le rejoignaient
sur le terrain, ils le trouvaient déjà aux
prises avec l'ennemi dont ils ne voyaient le
plus souvent que la défaite et la mort. On
comprend dès-lors que M. Dubarat avait eu
en plus d'une occasion de rudes assauts à
soutenir, et que c'est presque un miracle
qu'il soit mort dans son lit comme un paisible chasseur d'alouettes : les plus braves
généraux ne finissent pas toujours par une
balle ou un boulet, au grand étonnement
des *ménagers* de leur peau, qui ont quelquefois la chance contraire. A ce sujet le maré-
chal de Saxe avait l'habitude de dire aux

jeunes soldats qui n'avaient pas encore vu le feu — *Retenez bien ceci, mes enfants : à la guerre, les poltrons sont toujours tués vingt-quatre heures avant les autres* — Puis il faisait battre la charge, et il n'y avait plus que des héros dans son armée.

Pendant mes divers séjours à Ecot, soit quand je ne chassais alors que pour rire, soit lorsque je chassais déjà tout de bon avec un vrai fusil double chargé à balles, le hasard a voulu que l'on n'eut jamais au rapport que des animaux d'une nature peu farouche, qui se contentaient de bourrer les chiens, mâtins ou autres, sans s'aventurer à faire de prime-abord connaissance avec la lame solidement emmanchée de leur intrépide maître. Personnellement il ne m'est donc pas arrivé une seule fois d'assister à

un de ces drames émouvants dont je par-
lais tout-à-l'heure, mais j'ai souvent entendu raconter, dans tous ses détails les plus
saisissants, une mêlée terrible d'où M. Dubarat n'était sorti vivant qu'après avoir vu
vingt fois la mort de près en quelques minutes. De plus mes regards se sont fréquem-
ment arrêtés, avec une certaine émotion, sur
la hure monstrueuse du solitaire qui l'avait
terrassé après avoir été blessé par lui, et sur
deux magnifiques balafres que le vaillant
veneur portait, l'une à la joue droite et l'autre à la main gauche, laquelle en était restée
toute difforme, sans rien perdre néanmoins
de sa vigueur ou de son adresse. Voilà, au
surplus, le récit de ce combat, vraiment
digne de figurer dans un des chants de
l'Illiade, et tel que je l'ai recueilli de la

bouche même du héros, qui était — notez
ce point, mes chers lecteurs — l'homme le
plus sincère et le moins vantard que j'aie
jamais rencontré. Tous ceux qui l'ont connu
lui rendront certainement ce témoignage.

C'était au commencement du rigoureux
hiver de 1809 à 1810. La guerre d'abord et
la violence du froid ensuite avaient fait re-
fluer des hardes considérables de grand gibier de l'Allemagne vers la France, et pendant que le fauve continuait sa route vers
les vastes forêts des Ardennes et du grand
duché de Luxembourg, les sangliers s'é-
taient arrêtés dans les bois qui environnent
Ecot de toutes parts, et bientôt il ne fut plus
question que des dégats qu'ils commettaient
partout.

On avait beau en tuer, il n'y paraissait pas

le lendemain, et chaque jour les gardes si -
gnalaient de nouvelles bandes, que l'on
voyait se promener, avec la plus impudente
hardiesse, jusque dans les cours des métai-
ries, où elles *s'attablaient* sans façon devant
les auges de leurs frères civilisés.

Dans toutes les plaines à cinq ou six
lieues à la ronde les jeunes blés étaient re-
tournés comme si la charrue y eut passé depuis les semailles, et, dans les bois qui tou-
chaient au parc, on trouvait des *boutis* à
chaque pas.

Des enfants se rendant à l'école affir-
maient que d'affreux grouins noirs s'étaient
introduits dans les paniers qui renfermaient
leurs petites provisions.

Il y avait probablement beaucoup d'exagération dans tout cela, mais en ne tenant

11   9

compte que des faits avérés, ils étaient plus que suffisants pour rendre des mesures énergiques indispensables. Les habitants notables du village d'Ecot se réunirent donc en corps à ceux des communes de Cyrey, de Mareilles, de Rimeaucourt et de Consigny, et tous vinrent trouver M. Dubarat, et le prièrent de se mettre à leur tête pour repousser l'invasion qui détruisait une à une toutes les espérances de la prochaine récolte.

Il va sans dire que M. Dubarat, que l'on prenait là par son faible, ne se fit pas beaucoup tirer l'oreille. Par ses soins et avec l'aide de son piqueur La Branche, un rude homme aussi, des battues s'organisèrent sur une très grande échelle, et pendant quinze jours ce fut une extermination de sangliers telle que de mémoire d'homme il n'y en avait pas eu de semblable dans le pays.

Les choses en vinrent au point, que, dans l'intérêt de la conservation de l'espèce, il fallut non-seulement mettre un terme à cette tuerie en masse, mais encore prendre la résolution de ne plus chasser le sanglier de tout l'hiver. Ce fut MM. Michel qui proposèrent cette mesure, et comme ils étaient les oracles de la contrée, chacun se rangea à leur avis, et nul ne songea, sur le moment, à manquer plus tard à l'engagement que l'on contracta séance tenante.

Pendant une semaine ou deux on se borna donc à houspiller les chevreuils avec la meute de chiens courants; mais M. Dubarat, à qui des émotions fortes étaient indispensables dans cette saison, s'ennuya bientôt de cette chasse innocente, et un soir qu'il revenait des bois de la Crête, suivi de La Branche et de son valet de chiens, qui portaient un magnifique brocard suspendu à une perche, il se retourna brusquement et dit d'une voix maussade :

— As-tu revu de ce grand sanglier tout à l'heure ?

La Branche répondit affirmativement.

— Quel gaillard ce doit être ! je le juge entre trois cent cinquante et quatre cents.

— Plutôt plus que moins, monsieur — repartit le piqueur.

— Ces vieux sangliers sont assez sujets à se faire tuer à l'affût par les charbonniers — reprit M. Dubarat après un moment de réflexion — et si je croyais que celui-là fut destiné à une fin pareille,

je lui en ménagerais une plus honorable,
malgré ce qui a été convenu l'autre jour.....
qu'en penses-tu ?

— Je suis tout à fait de l'avis de monsieur. Si c'était une laie, un ragot ou une
bête de garde, on pourrait se faire un scrupule ; mais ces solitaires ça n'est pas sujet à
aller à la femelle, et par ainsi.....

— Eh bien ! — interrompit vivement
M. Dubarat — si, sans chercher celui-là
précisément, tu le rencontres par hasard
un ces matins , je t'autorise *à briser
dessus*, et quand ce sera fait tu viendras me
prévenir. Mais tu comprends : il ne faut pas
que le coup ait l'air prémidité. Ménageons
nous l'excuse d'un moment d'entraînement.

Quoique ceci fut un peu subtil pour mat-

tre La Branche, il le comprit cependant à
moitié, et il s'engagea à préparer l'affaire
de telle façon que personne ne serait en
droit d'y trouver à redire, et ne se croirait
autorisé à l'imiter , ce qui était le plus important.

Le surlendemain, vers midi, notre homme
arrivait tout haletant au château.

Quelques minutes après il entrait dans le
cabinet de travail de M. Dubarat.

— Monsieur — lui dit-il naïvement —
notre hasard est arrangé. Ce matin je suis
allé, sans penser à rien, me promener
avec le vieux Rustaud, que je laissais courir
de droite et de gauche à sa fantaisie. Tout-
à-coup je l'ai vu revenir à moi, le poil
hérissé, et presqu'immédiatement nous
avons été chargés tous les deux par un san-

glier comme ni vous ni moi n'en avons jamais rencontré. Ce doit être notre animal d'avant-hier. Quand il a été rentré dans son fort, j'ai voulu le recouper par un faux-fuyant, mais trois fois de suite il est revenu sur nous, comme pour nous signifier qu'il se regardait comme chez lui et qu'il n'entendait pas être dérangé.

— C'est ce que nous allons tirer au clair, mon garçon — répondit M. Dubarat en quittant le bureau devant lequel il était assis pour terminer son courrier du jour — ainsi tu crois que c'est notre grand sanglier des bois de la Crête ?

— Lui ou un autre, c'en est toujours un *crâne* premier numéro. Ne pas vouloir qu'on cherche à le raccourcir, ça ne s'est jamais vu.

— Est-il loin d'ici ?

— Dans ce fort buisson qui se trouve sur la gauche avant d'arriver au Martinet : il y a à peine pour un quart d'heure de marche.

— Alors dépêche-toi de prévenir les commis et les domestiques disponibles, puis couple dix des meilleurs mâtins : dans cinq minutes je serai prêt à vous suivre. Que tout se fasse sans fracas.

Ayant ainsi donné ses ordres avec le laconisme lucide d'un vieux général que rien n'étonne, M. Dubarat ceignit le meilleur de ses couteaux de chasse par-dessus la grande redingote de molleton blanc qu'il portait habituellement dans son cabinet, à l'imitation de son frère aîné, prit un fusil double sous son bras, puis il s'en alla rejoindre son monde qui se rassemblait en armes dans la cour du chenil, en observant toutes les précautions de silence et de mystère qu'on a coutume de prendre quand il s'agit d'une expédition secrète.

Les châtelains d'Ecot, qui avaient fait contracter à tous leurs voisins l'engagement de laisser les sangliers tranquilles jusqu'à la campagne prochaine, ne voulaient pas qu'on put se prévaloir de l'exemple qu'ils donnaient, pour les imiter.

On traversa silencieusement le parc, sur une neige cotonneuse et sourde qui était tombée pendant la nuit et tombait encore, et l'on arriva bientôt à la brisée de La Branche, que M. Dubarat se mit à examiner avec la plus scrupuleuse attention.

— Voilà, sur mon honneur, un drôle qui

nous donnera du fil à retordre ! — s'écria l'intrépide veneur en mesurant, avec deux de ses doigts largement écartés, l'énorme trace laissée sur la neige par le solitaire — entourez ce buisson, vous autres — poursuivit-il en s'adressant aux hommes qui l'avaient accompagné — et tirez droit si vous ne voulez pas que vos culottes soient décousues jusqu'à vos os par ce monsieur là,.... La Branche, va les placer le mieux que tu pourras, pendant que j'entrerai là-dedans avec ma vieille garde de roquets.

C'est comme cela que notre héros appelait ses molosses quand il était mis en joie par la perspective d'un péril prochain, comme c'était le cas en ce moment.

La Branche s'éloigna avec les commis et les domestiques, qu'il devait disperser autour de l'enceinte, et, quand M. Dubarat jugea que chacun était à son poste, il entra réso- lûment dans le fort, environné de ses dix mâtins, qui ne semblaient pas moins en belle humeur que lui, tant il y avait parfait accord entre le chef et les soldats.

A peine avaient-ils fait une dizaine de pas sous bois, marchant avec toutes les précau- tions qu'on observe en pareille circons- tance, et croyant loin encore l'ennemi qu'ils espéraient surprendre, qu'un épouvantable fracas de branches brisées leur annonça qu'il était, au contraire, en marche pour venir à leur rencontre.

Le sanglier, au lieu de rester sur la dé- fensive, se précipitait au combat en renver- sant tous les obstacles sur son passage : il n'y avait pas moyen de se tromper sur les intentions de ce terrible animal, bien que tous ses pareils ne procédassent jamais ainsi.

Les dix mâtins s'élancèrent en avant pour défendre leur maître, juste au moment où le solitaire débouchait sur une place à charbon, au milieu de laquelle se trouvaient le veneur et son armée à quatre pattes. Il était donc impossible que l'action s'engageât d'une manière plus vive et dans des conditions plus dramatiques, la place à charbon, entourée de toutes parts d'épaisses broussailles, formant, en quelque sorte, un véritable champ-clos, qui ne laissait aux deux partis que l'alternative de la victoire ou de la mort.

M. Dubarat vit du premier coup d'œil à quel dangereux ennemi il avait affaire,

aussi ne s'amusa-t-il pas, suivant son inva-
riable coutume, à dégaîner d'abord son couteau de chasse pour fondre sur son adversaire à l'arme blanche, mais il arma lestement son fusil, porta la crosse à son
épaule plus lestement encore, fit feu de son
premier coup avec la rapidité de l'éclair,
et vous planta bel et bien une balle entre
les deux petits yeux flamboyants de colère
du sanglier.

Celui-ci secoua la tête, comme si on lui
avait donné une *pichenette* sur le nez, mais
tel était le volume de cette monstrueuse
tête, que la balle ne put jamais arriver jusqu'à la cervelle. Le solitaire ne s'arrêta pas
pour si peu de chose, et, continuant sa première charge comme si de rien n'était, il
éventra les trois plus hardis mâtins qui le

séparaient du tireur, et vous culbuta ce dernier avec une facilité qui témoignait de sa
force prodigieuse et de sa résolution de ne
pas céder sa peau à bon marché.

M. Dubarat, en tombant tout de son long
sur la neige déjà ensanglantée et couverte
des entrailles des trois pauvres mâtins,
laissa échapper son fusil, et s'écria d'une
voix retentissante :

— A moi, mes amis !

Puis il fit un suprême appel à toute la vigueur de ses poumons, et il reprit plus
énergiquement encore :

— A moi ! je suis f..tu !

Avant qu'il eût fini de prononcer cette
phrase, très peu équivoque, on en convien-
dra, pour ceux qui étaient à portée de l'entendre, le solitaire était revenu sur lui, et

ils ne se trouvaient plus séparés l'un de
l'autre que par la longueur du fusil de l'intrépide veneur, qui avait eu la présence
d'esprit de ramasser par terre, en touchant
le sol, son arme tombée à côté de lui, comme
on sait, pendant la bagarre.

Il tira alors son second coup, et cette
fois à bout portant; mais, par malheur, le
canon gauche, dont l'extrémité était remplie
de neige, creva à quelques pouces du ton-
nerre, et toute la charge s'en alla par cette
voie dans l'espace, en emportant un bon
morceau de la casquette du chasseur, sans
endommager toutefois la tête qu'elle couvrait.

La situation devenait de plus en plus critique, car pas un défenseur ne se présentait,
et M. Dubarat, bien que les sept mâtins va-

lides encore fissent de leur mieux pour opérer une diversion utile dans le combat, M. Dubarat — dis-je — ne pouvait plus être sauvé que par un de ces miracles qui n'arrivent jamais.

Le sanglier lui avait déjà ouvert la main depuis le pouce jusqu'à l'articulation du poignet, la cuisse, du genou jusqu'à la hanche, et la joue, du menton jusqu'aux sourcils, si bien qu'il était entamé un peu partout, et couvert de sang de la tête aux pieds.

Dans cette extrémité vraiment terrifiante, notre héros ne perdit pas une seule seconde le sangfroid dont il avait besoin pour juger sa position et se tirer d'affaires, si cela était humainement possible. Donc, à force de lutter, tout blessé qu'il était, il parvint à saisir le solitaire par les *écoutes*, et, une fois

qu'il eut trouvé ce point d'appui, il put se
mettre sur ses genoux et soutenir ainsi le
combat avec moins de désavantage.

Qu'on se représente, si faire se peut, par
l'imagination, le tableau que devait offrir la
petite place à charbon, transformée tout à
coup en champ de bataille, où les deux partis n'y allaient pas de main morte, comme il
est aisé de le croire d'après ce qui précède.

A l'arrière-plan, trois mâtins couchés sur
la neige tout empourprée de leur sang, et
toute souillée des débris fumants de leurs
entrailles ; puis, sur le devant de la scène,
sept autres chiens accrochés aux flancs d'un
animal monstrueux, ayant en face de lui
un homme hideusement mutilé et à genoux,
qui le tenait par les oreilles, et avec lequel
il échangeait des regards dont il est plus

facile de se figurer l'expression que de la décrire. La hure du premier et la tête du second, dans un état également pitoyable, n'étaient parfois qu'à une si faible distance l'une de l'autre, que les soies hérissées du sanglier se confondaient avec les cheveux hérissés du chasseur en détresse.

Les choses, on le comprend, ne pouvaient rester longtemps dans cette situation sans amener une catastrophe; mais comment elles eurent une autre issue que celle qui semble la plus probable au premier examen, personne ne le sut positivement alors, et ne le sait encore aujourd'hui d'une manière bien certaine. Quand les tireurs postés au loin arrivèrent successivement sur le théâtre de la lutte, ils trouvèrent le sanglier et le veneur étendus côte à côte sur la

neige, l'animal très bien mort d'un coup de
couteau de chasse, qui le traversait de part
en part au défaut de l'épaule, à telles ensei-
gnes que l'arme était encore dans la blessure,
la poignée à gauche et la pointe à droite,
et l'homme seulement privé de connaissance
par suite de l'énorme quantité de sang qu'il
avait perdue, mais tellement mélificié du
haut en bas, que, dans le premier moment,
les autres chasseurs ne surent par quel bout
le prendre pour essayer de le remettre sur
ses deux jambes.

Quant aux sept mâtins qui, étant sortis
sains et saufs de la première attaque du solitaire, avaient défendu leur maître jusqu'à
la fin, avec autant de tenacité que d'intelligence, leur peau, à l'exception des ancien-
nes cicatrices dont elle était illustrée, ne

portait d'autres marques que quelques esta-
filades très insignifiantes, preuve certaine
que leur terrible ennemi avait eu, grâce à
eux, tant de besogne du côté de sa tête, que
le temps lui avait manqué pour s'occuper
un peu sérieusement de ce qui se passait
dans les environs de sa queue.

M. Dubarat fut longtemps malade, puis
impotent, des suites des trois blessures
qu'il avait reçues dans cette rude échauffou-
rée, à laquelle il n'avait échappé que par
miracle. La plaie de la cuisse, entr'autres,
était restée tellement sensible, même après
une complète cicatrisation, que le pauvre
homme avait été obligé de porter des cotil-
lons pendant près d'un an, toute pression
sur le membre attaqué lui étant insupporta-
ble. Mon père, qui était allé à Ecot dans le

cours de cette année-là, m'a souvent dit n'a-
voir jamais vu ni imaginé rien d'aussi grotesque que la longue personne de M. Michel
jeune dans son costume de vieille paysanne
champenoise. Ses cottes, au surplus, ne
l'empêchaient pas de chasser avec son ardeur et sa témérité habituelles, et le danger
qu'il avait couru n'était plus pour lui qu'un
de ces souvenirs agréables sur lesquels
l'imagination s'arrête avec une complaisance
toute particulière.

Pendant la première des deux invasions
de notre territoire que nous devons à l'im-
mortel génie du grand Napoléon, l'Hetman
Platoff, qui se trouvait à Ecot et avait entendu
avec enthousiasme le récit de cet hallali si
dramatique, témoigna le désir d'en voir représenter le simulacre en sa présence.

MM. Michel, bien qu'ils eussent une sainte
horreur pour l'étranger en masse, se prêtè-
rent à cette fantaisie de barbare avec la
bonne grâce ordinaire de leur hospitalité,
et par leurs soins, un jour de neige, toute
la scène fut jouée dans un des massifs du
parc, devant un nombreux public de Kal-
mouks, de Baskirs et de Kirghiss. Un affreux
cosaque, sur lequel on avait ajusté la peau
et la hure du solitaire, remplit le rôle de
ce dernier à la satisfaction générale, et
M. Dubarat, affublé d'une houppelande
de molleton blanc, fut tout à la fois
l'acteur et le personnage lui-même. Après
la représentation, qui excita à plusieurs
reprises l'admiration bruyante de l'assistance, l'Hetman prit notre héros à part,
et quand il l'eut chaleureusement félicité et

remercié, il lui dit avec le plus grand sérieux du monde :

— Permettez-moi, mon cher ami, de
vous faire une toute petite critique sur
votre dénouement.

— De votre part elle sera très bien
accueillie, mon aimable ennemi. De quoi
s'agit-il ?

— Vous auriez dû tuer mon cosaque
comme vous aviez tué votre sanglier il y a
quatre ans. Je vous aurais autorisé à em-
pailler sa tête, ce qui aurait fait un très bon
pendant à la hure de l'autre animal, et vous
nous auriez donné alors un spectacle tout
à fait agréable.

— Eh ! pardieu ! que ne parliez-vous plus
tôt ! — s'écria M. Dubarat avec un dépit

qui n'était pas joué — je n'aurais pas mieux demandé, je vous le jure!

— Eh bien! organisez-nous une seconde représentation, et nous arrangerons cela, mon cosaque et moi. Je suis sûr d'avance qu'il ne fera aucune difficulté de me rendre ce petit service.

Pour en terminer avec mon histoire, je reviendrai encore sur ce fait très bizarre, que le vaillant homme qui avait figuré dans ce formidable duel n'a jamais pu s'expliquer d'une manière bien nette comment il en était sorti vivant et victorieux. Il présumait seulement, et il est assez probable qu'il ne se trompait pas, que l'attention de son terrible antagoniste ayant été détournée, l'espace de quelques secondes, par les entreprises incessantes des mâtins sur ses derrières et sur ses flancs, lui en avait profité pour mettre flamberge au vent et envoyer le solitaire dans l'autre monde des sangliers. Il faut convenir alors que le hasard l'avait merveilleusement servi, ou saint Hubert particulièrement protégé. En ma qualité de chasseur dévot, je penche pour cette seconde supposition.

Je n'en finirais pas si j'entreprenais de raconter un peu longuement toutes les chasses dans lesquelles M. Dubarat a fait preuve de courage, d'énergie et de présence d'esprit; je me bornerai donc, pour clore cette partie de mes esquisses qui le concerne, à choisir, parmi une multitude de faits qui sont venus à ma connaissance, avec tous les caractères d'une incontestable authenticité, deux ou trois anecdotes que je

raccourcirai autant que cela dépendra de
moi, afin de ne pas fatiguer le lecteur par
des détails qui ont toujours une certaine
ressemblance les uns avec les autres. D'ailleurs, de simples et rapides récits doivent
suffire maintenant pour rendre familière au
public la physionomie de mon personnage.

Un jour qu'il faisait le bois avec La
Branche, dont il venait de se séparer pour
quelques instants, il tomba, en traversant
un épais fourré, au milieu d'une bande de
marcassins qui pouvaient avoir quinze jours
ou trois semaines. Il allait se retirer dis-
crètement pour ne pas troubler ces innocentes bêtes, lorsque l'idée lui vint d'en
prendre deux et de les emporter au château, pour les élever au biberon et les
réunir plus tard à un jeune loup qui vivait

au chenil dans la plus touchante intimité avec la meute. Or, comme la pensée et l'action étaient une même chose chez M. Dubarat, il eût bientôt accroché son fusil à une branche, et le voilà galopant de droite et de gauche à la poursuite des marcassins qui s'étaient dispersés dans le taillis et se cachaient de leur mieux sous les bruyères. A force de courir il réussit à attraper les deux qu'il voulait, et, en ayant mis un sous chacun de ses bras, il s'éloigna tout enchanté d'en être venu à ses fins.

Les marcassins, soit que la peur les eut rendus muets tout-à-coup, soit qu'ils ne se doutassent pas qu'il ne s'agissait pour eux de rien moins que de l'esclavage loin du sein maternel, les marcassins — dis-je — se tinrent d'abord cois pendant cinq ou six minutes; mais l'un d'eux, serré un peu trop fort peut-être, s'étant mis à grogner sourdement, l'autre lui répondit sur un diapazon plus élevé, et s'encourageant réciproque-à la plainte, ils en vinrent bientôt à pousser des cris aussi aigus que si on les écorchait tout vifs.

M. Dubarat, dont la vertu dominante n'était pas la sensibilité, ne prêtait qu'une attention assez médiocre à cette protestation impuissante de l'innocence opprimée, lorsqu'il reçut brusquement au bas des reins un coup si violent, qu'il en fut enlevé du sol comme une plume et rejeté à dix pas de l'endroit où il était.

Par bonheur il retomba ferme sur ses deux pieds, en se demandant ce qui avait

pu le traiter aussi irrévérencieusement, lui
que tout le monde aimait et respectait.

Il lui suffit de tourner un peu la tête pour
perdre toute incertitude à cet égard, car il
aperçut la laie qui lui lançait des regards
flamboyants de colère, et se préparait à se
ruer de nouveau sur lui pour le contraindre
à lâcher prise.

Un moment ému de ce spectacle, qu'il
n'avait jamais vu, il fut tenté de rendre ses
enfants à cette mère désolée ; mais presque
aussitôt il se dit qu'il aurait encore plus de
plaisir à savoir jusqu'où irait le dévoûment de cette pauvre laie pour sa progéni-
ture, et la curiosité l'emporta sur l'humanité .

En conséquence, il continua tranquillement sa route sans prendre d'autre précau-

tion que celle d'affermir son pas, afin de
n'être pas culbuté dans une seconde attaque,
qu'il prévoyait devoir être prochaine.

Effectivement, elle ne se fit pas attendre,
et comme elle eut encore moins de succès
que la première, la laie changea de système :
au lieu de donner des bourrades au ravis-
seur, elle se mit à lui mordiller les jambes
qui furent très promptement en sang, depuis le genou jusqu'à la cheville.

Que fit alors M. Dubarat, bien décidé
qu'il était à ne pas abandonner sa proie ?
il rendit libre son bras droit en réunissant
les deux marcassins sous le gauche, et
ayant dégaîné son couteau de chasse, il en
porta un si furieux coup à la laie, qu'il l'o-
bligea à battre en retraite. La pauvre bête
avait compris que pour essayer de sauver

deux de ses petits, elle ne devait pas exposer les sept ou huit autres au malheur de perdre leur mère.

M. Dubarat s'en alla ensuite faire panser ses mollets chez un charbonnier, puis il regagna le château avec sa capture. Un an après, la laie fut coiffée par les mâtins et tuée je ne sais plus par qui : on la reconnu t à une profonde cicatrice qu'elle portait à la naissance de la gorge, et qui provenait très évidemment d'une arme blanche.

Dans une autre circonstance, comme un ragot de cent cinquante livres chargeait vigoureusement notre intrépide disciple de saint Hubert, il écarta à propos les jambes et se trouva à califourchon sur l'animal, le visage tourné du côté de la queue. Ils arrivèrent ainsi l'un portant l'autre dans une *charrière* (1), où il y avait une vingtaine de tireurs postés. Il est bien entendu qu'aucun d'eux ne se hasarda à tirer sur ce centaure d'une nouvelle espèce; mais M. Dubarat, tout en galopant à travers les halliers, trouva moyen de larder le ragot jusqu'à ce qu'il l'eut mis hors d'état de courir davantage. Il l'acheva ensuite d'un coup de fusil.

Je n'ai pas vu ce rude compagnon pendant les dernières années de sa vie; je sais seulement qu'elles furent tristes, parce que la goutte et l'asthme avaient fini par avoir raison de sa puissante nature. Quelquefois, cependant, il se trainait jusqu'à la lisière

(1) Nom qu'on donne en Bourgogne et en Champagne aux routes étroites qui servent à la desserte des bois.

d'un taillis, et il tuait de loin à loin son chevreuil ou son sanglier ; mais c'était avec une arme à feu, et cela devait lui paraître bien fade.

Un monsieur qui a le feu sacré.

Pour plusieurs raisons, l'esquisse qu'on va lire ne peut guère avoir que l'importance secondaire d'une anecdote dont le héros reste enveloppé dans un impénétrable *incognito*. D'abord si je connais le personnage que j'ai convié à poser devant moi, je n'ai jamais eu l'honneur de chasser avec lui, et je ne l'ai même vu que deux ou trois fois dans ma vie. De plus, comme il existe encore, je me crois en conscience dans la nécessité de taire son nom, et il me semble en outre que c'est pour moi un devoir de délicatesse de ne pas tracer son portrait assez finement pour mettre le public sur la voie du modèle. Pour ces motifs et d'autres encore, je me conformerai donc à ce précepte des biographes de bonne compagnie, *que si l'on doit la vérité aux morts, il faut avoir des égards pour les vivants.*

Il y a de cela quelques années — comme qui dirait, par exemple, en 1849 ou 1850 — je faisais parti e d'une joyeuse bande de chas-

seurs qui s'étaient réunis pour fêter leur pa-
tron le verre à la main, dans le plus beau
salon des Frères-Provençaux, cet établisse-
ment modèle dont la renommée a eu raison
des inconstances de la mode. On venait
d'enlever le second service, il était déjà
question de chanter, et les bons mots un
peu vifs éclataient çà et là sous l'influence
du vin de Champagne, qui circulait à la
ronde pendant que les officiers de bouche
plaçaient le dessert sur la table, lorsque le
maître-d'hôtel qui surveillait le service vint
dire à celui d'entre nous qui présidait la
réunion, qu'un monsieur *très bien couvert*
demandait à lui parler.

— J'en suis bien fâché, mais j'ai pour habitude de ne jamais me déranger quand je

suis à table — répondit mon ami L. B. dont
le premier abord est toujours un peu rude,
ne lui en déplaise.

— C'est que ce monsieur prétend qu'il est
un des premiers chasseurs de France — répondit le maître-d'hôtel — et c'est pour cela
que j'ai cru devoir me charger de son message malgré la gravité des circonstances.

— Ah! diable! c'est différent... messieurs,
que vous en semble, car cela vous regarde
autant que moi — poursuivit L. B. en élevant
la voix de manière à être entendu d'un bout
de la table à l'autre.

Les yeux de tous les convives se tournè-
rent vers lui comme pour l'interroger.

se hâta d'ajouter :

— Quelqu'un désire me voir et se fait annoncer comme un des premiers chasseurs de France : dois-je vous quitter pour aller le joindre ou m'autorisez-vous à le recevoir ici? Quant à moi, je serais d'avis qu'en sa qualité d'un des nôtres.....

— Mais sans doute — nous écriâmes-nous tous en chœur — qu'il entre! qu'il entre! qu'il entre! qu'on lui donne un verre et un siége à côté de vous. Il aurait dû même venir plus tôt.

Et pendant que le maître-d'hôtel s'éloignait pour porter cette hospitalière réponse à l'inconnu, nous nous serrâmes les uns contre les autres, afin de laisser la place d'une chaise près du fauteuil de notre président, qui se trouvait, cela va sans dire, au

centre de la table, laquelle n'était entourée
de rien moins que de cinquante couverts,
tous occupés par des gens fort aimables,
cela va sans dire.

Bientôt nous vîmes entrer un homme de
trente-cinq à quarante ans, d'une taille au-
dessus de la moyenne, et d'une physionomie
dont la laideur accentuée ne manquait pas
d'une certaine originalité. Sa démarche sac-
cadée et brusque trahissait une vivacité
poussée jusqu'à la turbulence, ou le sans-
gêne d'une nature confiante et vulgaire.

Il portait un costume d'une recherche
prétentieuse qui sentait la province d'une
lieue, et on en pouvait dire autant de ses
manières, tout à la fois hardies et gênées.
On devinait sous cet ensemble qui frisait le

grotesque, une organisation énergique momentanément contrainte par une ignorance
complète des usages du monde, et un de
ces caractères résolus, peu enclins à se
soucier du *qu'en dira-t-on?*

Quand l'inconnu eut échangé quelques
paroles avec notre président, celui-ci nous
le présenta sous un nom qui ne noüs apprit
absolument rien, car aucun de nous ne l'a-
vait jamais entendu prononcer; puis on fit
placer devant lui une assiette et une coupe
à vin de Champagne, et les conversations
allèrent leur train entre les convives sans
qu'on songeât davantage *à l'un des plus
grands chasseurs de France*, dont L. B. continua seul de s'occuper.

Au moment où toute l'assistance se levait

de table, pour aller prendre le café dans la pièce voisine, notre hôte de rencontre, que j'avais tout-à-fait oublié, s'approcha de moi résolument, me fit un superbe salut, et me dit en termes fort courtois, qu'il était d'autant plus charmé de faire ma connaissance, que nous étions, à peu de chose près, compatriotes et qu'il se trouvait en bonnes relations de chasse ou de voisinage avec plusieurs de mes parents et de mes anciens amis de Bourgogne, qui lui avaient très souvent parlé de moi, comme d'un amateur de vénerie dont la retraite prématurée leur avait laissé beaucoup de regrets.

Nous n'eûmes pas échangé dix phrases, qu'il m'était démontré de la façon la plus claire que le hasard venait de me mettre en

présence d'une de ces individualités excep-
tionnelles qui sont la meilleure de toutes les
bonnes fortunes pour l'observateur en quête
d'originaux. Je n'étais jamais mieux tombé.

M. ***, de la Côte-d'Or, aimait la chasse
avec un fanatisme qui touchait à l'idée fixe,
cette première étape de la folie. Il lui était
impossible de parler d'autre chose, et si l'on
parvenait à quitter momentanément ce sujet
de conversation, il savait bien vite vous forcer à *reprendre la voie,* comme si vous aviez
été un chien *bricoleur,* et qu'il eut eu un
fouet à la main pour vous remettre à la raison. L'aplomb avec lequel il exerçait cette
petite tyrannie me parut si amusant, qu'au
lieu de m'en choquer, je m'ingéniai de mon
mieux à lui fournir adroitement des occasions de la déployer.

Il en résulta que du moment qu'il m'eut entrepris sur sa marotte, il ne voulut plus me lâcher, si bien que tous mes compagnons de notre banquet de la Saint-Hubert étant partis les uns après les autres, nous restâmes seuls jusqu'à minuit dans le petit salon des Frères-Provençaux. Lui ne pouvait pas se lasser de m'entretenir de son unique passion, et moi j'avais fini par prendre un plaisir très vif à en étudier les divers symptômes, qui surpassaient en originalité et en violence tout ce que j'avais vu, entendu ou recueilli jusqu'alors dans ce genre.

Quand il m'eut expliqué longuement de quel pays il avait tiré sa meute, de combien d'individus mâles ou femelles elle se composait, et quels noms il leur avait donné, il

me fit *in extenso* la biographie d'un certain
La Feuille, son piqueur, qui, à l'en croire,
n'avait pas son pareil dans le monde. Ensuite il me dit avec quels veneurs connus il
chassait le plus habituellement, quels can-
tons de bois il avait loués en Bourgogne et
en Franche-Comté, et, enfin, il m'expliqua
comme quoi, n'ayant qu'une fortune d'une
quinzaine de mille livres de rente, son revenu passait tout entier à l'entretien de son
équipage et aux dépenses de ses nombreux
déplacements dont quelques-uns étaient fort
chers, en raison de leur éloignement.

— Il faut alors que vous vous priviez com-
plétement de tout ce qui n'est pas la chasse
— lui répondis-je, un peu étonné de ce flux
de confidences faites par un homme que je
voyais pour la première fois.

— Je ne me prive de rien, monsieur le marquis — répliqua-t-il vivement — puisque je n'aime que cela au monde.

— C'est très bien, monsieur, tant que vous serez garçon — repris-je — mais, quand une fois vous aurez une femme, un ménage et une jeune famille à élever d'une manière conforme au rang que vous occupez dans la hiérarchie sociale, vous serez nécessairement obligé d'employer là au moins les deux tiers de votre revenu, et alors...

— Une femme, un ménage, des enfants — interrompit-il avec la satisfaction d'un homme parfaitement content de son sort et de lui-même — mais j'ai tout cela, monsieur le marquis.

— Franchement, monsieur, je ne m'en serais jamais douté.

— Voilà comme on se trompe quand on juge sur les apparences. Tel que vous me voyez, je suis marié depuis onze ou douze ans, et j'ai même l'honneur d'être père de deux beaux garçons, dont l'aîné, s'il plaît à Dieu, fera le bois à la campagne prochaine.

— De tout cela je conclus, monsieur, que madame *** est riche par elle-même, et que vous lui laissez la libre jouissance de la dot qu'elle vous a apportée en mariage.

— Il y a du vrai et du faux dans votre supposition, monsieur le marquis; c'est-à-dire que tout ce que nous possédons vient d'elle effectivement, mais que c'est moi seul qui le dépense pour ma chasse. Cela s'est arrangé tout naturellement ainsi dès le lendemain de nos noces.

Je gardai le silence, ne pouvant me résoudre à montrer la moindre sympathie pour une semblable manière d'envisager les devoirs de la famille, et, comme mon interlocuteur vit sans doute, à l'expression peu déguisée de ma physionomie, ce qui se passait en moi, il se hâta de reprendre avec l'accent d'une conviction profonde :

— Voyez-vous, monsieur le marquis? j'ai le feu sacré depuis ma toute petite jeunesse, et ce ne serait pas en présence d'un veneur de votre mérite que je voudrais m'en cacher, comme s'il s'agissait d'un mauvais sentiment ou de quelque vice honteux.....

Je m'en vanterais plutôt... eh pardieu ! c'est
ce que je fais, ce me semble. Ma femme, excellente créature s'il en fût ! est malade depuis quatre ans de la poitrine : je n'ai pas
appelé une seule fois le médecin ; mes enfants sont à l'âge où il faudrait les mettre
au collége : je les garde à la maison ; les bâ-
timents de nos domaines menacent ruine :
je les laisse tomber tout doucement ; il pleut
dans ma salle à manger : je déjeûne ou je
dîne avec ma peau de bique sur les épaules,
tant que dure la mauvaise saison. Tout cela,
vous devez le comprendre, fait des écono-
mies notables à la fin de l'année, et, quand
arrivent les comptes de la Saint-Sylvestre,
il se trouve que j'ai joint les deux bouts
comme un bon père de famille qui n'entame
jamais son capital..... Avais-je donc si tort

tout à l'heure quand je vous disais que j'ai le feu sacré ?

— Non, à coup sûr, monsieur ! — m'écriai-je — vous pourriez même vous servir d'une expression plus forte.

— Celle-là me plaît, et je m'y tiens parce qu'elle rend parfaitement mon idée. Le feu sacré ! c'est court, et il me semble que cela dit tout.

— Voulez-vous me permettre de vous adresser une question un peu indiscrète ? — lui demandai-je.

— Dix si vous voulez, et je vous promets que j'y répondrai carrément... Je n'ai jamais su mentir ni dissimuler depuis trente-cinq ans bientôt que je suis au monde.

— Eh bien! monsieur, avec la franchise d'un chasseur parlant à un confrère, je vous prierai de me dire si le système que vous venez de développer devant moi n'occasionne pas quelquefois des discussions dans votre intérieur.

— Pas le moins du monde, monsieur le marquis : tout y marche, au contraire, comme sur des roulettes.

— Je connais cependant des femmes très sensées, très raisonnables, très indulgentes, même, qui ne s'arrangeraient pas volontiers de voir faire un usage aussi exclusif de leur fortune.

— Ma foi! tant pis pour ceux qui, après avoir été si sots que de les épouser, n'ont pas su, dès le principe, les obliger à *prendre la bonne voie*. Quant à moi, monsieur, soit habileté, soit bonheur, j'en suis encore à attendre ma première querelle de ménage.

— C'est ce qui s'appelle avoir de la chance, car rien n'est plus rare en ce monde que de voir nos goûts approuvés par ceux qui, ne les partageant pas, en souffrent toujours plus ou moins. Tenez, je parierais que les patriarches chasseurs, eux-mêmes, avaient souvent maille à partir avec leurs compagnes.

— C'est qu'ils ne savaient pas s'y prendre, je leur en demande bien pardon, et à vous aussi, monsieur le marquis. Tout dépend à cet égard de la manière d'arranger sa vie.

Moi, d'abord, je suis très rarement à la maison. Le plus souvent, j'en sors avant le point du jour, et je n'y rentre qu'à la nuit close pour y souper tout seul et ne faire qu'un bond de ma table à mon lit, aussitôt que j'ai avalé ma dernière bouchée : c'est déjà un assez bon moyen d'éviter les scènes conjugales. Ensuite, ma femme étant toujours souffrante, malade même, ainsi que je viens de vous l'apprendre, elle n'a pas plus besoin de se distraire par des plaisirs coûteux que de voir du monde ou de dépenser pour sa toilette, comme toutes ses pareilles. J'ajouterai que, dans l'état de langueur où elle est, elle aime mieux laisser aller les choses telles qu'elles sont, que de lutter pour les changer. Pour ce qui est de mes garçons —

vous savez que j'en ai deux — ce sont, Dieu
en soit mille fois loué et béni! de vigoureux compères qui ne connaissent pas de
plus grande jouissance que de se rouler du
matin au soir sur la paille, en compagnie
des élèves qui figureront plus tard dans
mon chenil. Quand ils ont quelque rhume
ou quelque coqueluche, je leur administre,
comme à mes jeunes chiens atteints de la
maladie, deux ou trois paquets de poudre
de Hémel, et, le lendemain, il n'y paraît plus.
Les petits drôles seront tout semblables
à moi, un jour, et, vive Dieu ! je ne les en
plaindrai guère, car, après avoir eu le talent
d'arranger ma destinée à ma fantaisie, j'ai
le mérite de savoir en être content jusqu'à
n'en pas souhaiter une autre..... Voyons,

monsieur le marquis, la main sur la conscience, ai-je véritablement le feu sacré? Ne
me flattez pas.

— Vous avez le diable au corps, monsieur *** ! et, quoique j'aie fréquenté bien
des enragés chasseurs dans ma vie, je n'en
ai pas encore rencontré un seul de votre
force. Vous êtes, sans compliment, le Napoléon Ier de la vénerie française, car vous
n'aimez que la chasse, comme lui n'aimait
que la guerre.

— Il a été bien faible dans les derniers
temps, et vous m'auriez rendu beaucoup
plus fier, monsieur le marquis, si vous m'a-
viez comparé à un marquis de Bologne ou à
un comte de Fussey..... Voilà des hommes !

Il a fallu la mort pour les vaincre, tandis
que l'autre, il a abdiqué deux fois. Néanmoins je suis très flatté de votre rappro-
chement, et je me fais un plaisir et un
devoir de vous dire que j'ambitionnais
votre suffrage depuis plusieurs années
déjà..... Je peux même vous l'avouer maintenant, puisque vous avez été si aimable
pour moi, je ne suis venu ici ce soir que
parce que j'étais à peu près sûr de vous
y rencontrer. Je vous ai *rembuché*, passez
moi l'expression, et permettez-moi d'espé-
rer que cette première entrevue ne sera
pas unique.

Je dis à M*** de la Côte d'Or que
je serais toujours charmé de le retrouver,
et nous échangeâmes nos adresses.

— Entre nous, monsieur — reprit-il — nous pouvons convenir de cette vérité fondamentale, que ce n'est que parmi les chasseurs qu'on découvre des hommes. Il y a des niais qui s'intéressent à la politique ; *des propres à rien* qui s'occupent de littérature, autre puérilité !... je rencontre tous les jours des agriculteurs soucieux et grognons qui passent leur temps à se plaindre tour à tour de la sécheresse ou de l'humidité, de la cherté ou du bas prix des grains; quand je vais à Paris, je vois des habitués de la Bourse qui tremblent perpétuellement, comme des lièvres au gîte pendant la première quinzaine de septembre, alors que tout est péril autour d'eux: tous ces gens-là, monsieur le marquis, ont une existence misérable en comparaison de la mienne. Je ne

m'inquiète pas du souverain qui règne ; peu
m'importe que nous soyons en paix ou en
guerre, puisque les chiens ne tirent pas à la
conscription, et que le temps soit mauvais
ou beau, parce que je chasse avec autant de
plaisir par la pluie que par le soleil. Je ne
lis plus — pardonnez-moi cette imperti-
nence — que la feuille d'annonces *du Jour-
nal des Chasseurs*, pour connaître les noms
des personnes qui ont des meutes à vendre.
En fait de spectacles, je ne fréquente que
l'Hippodrome, les jours où l'on y représente
la chasse au cerf; la société m'ennuie
mortellement; l'amitié, je ne la comprends
qu'en pleine forêt, et quant à l'amour, je me
contente de celui que je rencontre en courant les bois : quand on a le feu sacré, cela
suffit de reste.

Lorsque mon interlocuteur eut terminé cette longue boutade, je me hasardai à lui dire, qu'à ce compte-là il serait plus malheureux qu'un autre s'il venait à perdre sa fortune par suite de quelque catastrophe privée, ou d'un malheur général, comme, par exemple, une révolution.

— Moi, plus malheureux qu'un autre, monsieur le marquis ? c'est le contraire qui arriverait. Si je devenais pauvre, je me placerais immédiatement en qualité de piqueur dans une bonne maison.

— Il n'y aurait plus de bonnes maisons s'il survenait un cataclysme dans le genre de celui de 1793.

— Ce serait l'affaire de six mois ou un

an tout au plus. J'ai entendu dire que Barras avait eu une meute plus belle que celle de Louis XVI, très peu de temps après la terreur. En 1848, quand tout allait si mal, je me suis proposé, par précaution, au citoyen Ledru-Rollin, et il m'a promis de songer à moi quand il organiserait la vénerie du pouvoir exécutif, ce qui arriverait tôt ou tard, assurait-il.

— Comme détail historique, ceci est assez curieux.

— C'est possible, mais moi je n'y vois qu'une chose, c'est qu'en France il y aura toujours moyen de chasser d'une façon ou d'une autre, et je me dis qu'il importe bien peu que ce soit comme maître ou comme domestique. Notre ardeur à savourer un plaisir réside en nous-même et non en notre état, qui n'est après tout qu'un accident.

— Savez-vous bien, monsieur*** que vous êtes au moins aussi grand philosophe que grand chasseur ?

— Comme vous voudrez — répondit-il en accompagnant ces mots d'une moue dédaigneuse qui témoignait de son peu d'estime pour la philosophie — mais je n'y tiens pas du tout, et sur ce point je ressemble à l'homme illustre auquel vous aviez la bonté de me comparer tout à l'heure : je ne fais cas que des gens d'action.

Quoique ceci fut assez désobligeant pour moi, qui suis devenu moitié homme et moi-

tié fauteuil depuis quelques années, je n'en
conservai pas moins ma bonne humeur et
mon désir de continuer à étudier ce curieux
produit de la race humaine, dont l'originalité était d'une exagération si grande, que
je n'aurais jamais osé placer un semblable
personnage dans un de mes livres, si je
l'avais inventé au lieu de l'avoir vu.

Je persistai donc à l'encourager de mon
mieux, ce qui n'était pas très difficile, vu sa
parfaite confiance en lui-même, et il se
remit aussitôt à me parler de plus belle de
sa meute, de son piqueur La Feuille, de ses
déplacements, des préoccupations que lui
causaient les mariages de ses lices, entas-
sant les faits sans ordre, commençant vingt
anecdotes qu'il n'achevait jamais du pre-

mier coup, se montrant toujours bizarre,
et, au total, ne cessant pas d'être assez amusant au milieu de toute cette infatigable
diffusion, dans laquelle son caractère se
révélait à chaque instant avec une naïveté
des plus comiques.

La grande prétention de M. *** de la Côte-
d'Or, était d'avoir ce qu'il appelait le feu
sacré, car il revenait sans cesse à cette
expression, ainsi que le lecteur a pu le remarquer. Eh bien ! cette flamme intérieure,
il la possédait au plus haut degré, et il sa-
crifiait tout à la volonté inébranlable et au
besoin toujours croissant de satisfaire à ses
exigences, si nombreuses et si persistantes
qu'elles fussent. Je ne crois pas qu'aucun
conquérant, aucun amoureux, aucun homme

de lettres, ait jamais poussé aussi loin
l'égoïsme féroce de la passion. Cet homme,
que la nature avait peut-être créé bon, sus-
ceptible de s'attacher et même de se dé-
vouer, était devenu d'une personnalité vraiment monstrueuse. L'insouciance naïve
avec laquelle, par exemple, il parlait de la
phthysie de sa malheureuse femme, et de
l'abandon où croupissaient les corps et les
âmes de ses deux pauvres enfants, était
quelque chose de prodigieux, je dirai
presque de hideux. Il ne s'inquiétait de
rien, ne souhaitait rien, ne voyait et n'é-
coutait rien quand cela n'avait pas rapport
directement ou indirectement à la chasse.
J'avais déjà rencontré des gens de cette
trempe exceptionnelle dans la chaleur de
l'action, c'est-à-dire au milieu des enivre-

ments d'un débucher ou des émotions d'un hallali debout; mais au repos, à minuit, dans un paisible entretien sur un canapé de restaurateur, à la lueur défaillante de quelques bougies, c'était un phénomène des plus rares, une monstruosité morale des mieux caractérisées : tout le monde le reconnaîtra sans peine avec moi.

Une fort aimable Bourguignonne, femme très digne de foi, m'a affirmé que dans le petit castel qu'habite, près de Semur, M. ***, il n'y a jamais, même dans les hivers les plus rigoureux, de feu qu'à la cuisine et au chenil. C'est dans ce dernier endroit qu'on se tient le soir, quand par hasard on ne se couche pas en même temps que les dindons de la basse-cour.

J'eus l'occasion de revoir deux ou trois
fois encore notre frénétique chasseur, qui
était toujours le même, et lors de notre dernière rencontre, je m'en fis un séïde pour
la vie, en lui donnant une lettre de recom-
mandation très pressante et excessivement
flatteuse pour un éleveur de chiens de l'Artois, auquel il voulait acheter quelques-uns
de ses produits, qui jouissent d'une certaine
considération dans le monde cynégétique.
L'ami à qui je l'avais adressé m'annonça,
peu de temps après, qu'il avait reçu sa visite, et la première page de sa lettre contenait ce qui suit :

« Mon cher marquis,

» Vous m'avez envoyé un mystificateur
qui a fait notre joie pendant deux jours, et

que j'ai traité de mon mieux parce que j'entends la plaisanterie. Ma femme et moi,
nous avons eù l'air d'être sa dupe jusqu'au
bout, mais ensuite j'ai fort galamment pris
ma revanche, car, dans la conviction où je
suis que votre protégé, M. *** de la Côte-
d'Or, n'est pas plus chasseur que ma tante
la supérieure des Ursulines de Cambrai, je
lui ai vendu au poids de l'or mes quatre
plus mauvais élèves, qui seront encore
beaucoup trop bons pour ce qu'il en peut
faire. Où diable, mon cher marquis, avez-
vous été pêcher un original de cette espèce ? »

Là venait un long récit de toutes les
excentricités de mon homme, qui s'était
surpassé en exagération dans l'Artois,
comme ces acteurs de Paris qui se croient

obligés de charger leur jeu quand ils jouent
devant un public de province.

Bref, mon ami l'éleveur de chiens n'avait
jamais pu croire à la réalité d'une passion
parvenue à çet excès de développement et
si peu dissimulée, et, en vérité, cela ne
m'étonna que jusqu'à un certain point, puisque moi, qui ai vu tant d'originaux dans ma
vie, j'ai bien failli prendre celui-là pour
quelque nouveau Musson (1), appelé à égayer
notre banquet de la Saint-Hubert.

Maintenant, il me reste à apprendre à
mes lecteurs par quel heureux hasard j'ai
tout récemment appris que M. *** était tou-

(1) Célèbre mystificateur, qui était fort en vogue du
temps du premier empire.

jours le chasseur forcéné que j'ai connu en 1849.

Cet été — il y a de cela deux mois à peine — ma bonne étoile m'a fait retrouver pour la seconde fois un très aimable *sport-man* de la Normandie, ramené aux eaux de Bourbon-l'Archambault par l'espoir d'achever de s'y guérir d'une terrible chute faite à la chasse, et dans laquelle il s'était modestement disloqué le cou et *démantibulé* les deux épaules — excusez du peu. — Un soir que nous avions mis la conversation sur la noble et joyeuse science de la vénerie, non seulement par attrait tout particulier pour ce genre d'entretien, mais encore pour nous dispenser d'aborder les ténébreux mystères de la question d'Orient, ou les turpitudes

peu voilées de la dernière révolution d'Es-
pagne, je lui fis le récit de ma rencontre aux
Frères-Provençaux, sans toutefois lui livrer
d'abord le nom du personnage. J'étais d'autant mieux disposé à m'amuser aux dépens
de cet original, ce jour-là, que tout récemment deux de mes anciens compagnons de
chasse de Bourgogne m'en avaient raconté
des histoires d'une bouffonnerie adorable,
qui malheureusement ne peuvent trouver
place dans cette première revue de mes
souvenirs, encore qu'il n'y règne pas une
imposante gravité, comme le lecteur doit
l'avoir remarqué.

— Votre anecdote est charmante, mon
cher marquis — me dit mon très bien-
veillant auditeur — et indépendamment de

de ma confiance en votre véracité, j'ai des raisons particulières pour la croire parfaitement authentique.

— En connaîtriez-vous le héros ?

— Peut-être.

— Si j'en étais sûr, je ne me ferais plus de scrupule de vous le nommer en toutes lettres, mais...

— Bah ! je vous garderai le secret.

— Comme vous m'engagez à le garder ?

— Mieux.

— Eh bien ! mon original répond au nom

de M. *** de la Côte-d'Or, et il habite dans les environs de Semur, en Auxois.

— Je l'aurais parié ! Ah ! vous avez raison, on passerait toute l'humanité à travers un crible, que l'on n'y trouverait pas son pareil. Rien de ce que vous m'en avez raconté ne m'étonne.

— Vous le connaissez donc bien positivement ?

— Si je le connais ! jugez-en : je me suis trouvé de noce avec lui, l'année dernière.

— Ce n'est cependant pas un homme à rechercher ce genre de réunions-là.

— C'était une noce de chiens.

— Alors je n'ai plus de doutes sur l'identité du personnage.

— Eh! pardieu! — reprit mon interlocuteur — je me rappelle maintenant qu'il m'a très longuement parlé de vous. Il se loue beaucoup de l'accueil que vous lui avez fait à Paris, il y a quelques années ; mais il prétend que vous n'avez, en fait de chasse, que des connaissances très superficielles, et que vos travaux sur cette grave question fourmillent d'erreurs.

— Il a peut-être raison ; mais cela m'est bien égal : je n'écris que pour des gens qui n'en savent pas plus que moi... Mais pour en revenir à notre homme, où et comment l'avez-vous vu ?

— J'ai passé avec lui la plus drôle de jour.
née qui se puisse certainement imaginer.

— Ah! vous allez à votre tour nous raconter quelque chose! c'est très aimable à vous.

— Je vous assure, mon cher marquis,
que je ne demanderais pas mieux; mais.....

Et M. de C*** regarda alternativement
ma femme et ma fille qui étaient présentes.

Peu d'instants après, ma fille quitta la
terrasse sur laquelle nous étions réunis, et
notre visiteur nous dit aussitôt, en s'adressant plus particulièrement à ma femme :

— Je meurs d'envie de vous *débiter* mon
histoire; mais elle est un peu gaie, je vous
en avertis.

— Vous gazerez ou vous retrancherez.

— Ce serait dommage... enfin je ferai de mon mieux ; d'ailleurs le jour baisse, et vous savez que l'obscurité arrange tout : je commence.

« Au mois de février 1853, peu de semaines avant ma chute, j'étais venu de la petite ville que j'habite passer quarante-huit heures à Paris, où quelques affaires nécessitaient ma présence. Le jour de mon départ pour retourner chez moi, je me rendis, un peu avant le moment fixé, au bureau des diligences qui desservent cette portion de notre belle Normandie à laquelle manque encore son tronçon de chemin de fer. Les voyageurs étaient déjà rassemblés autour de

la voiture, et l'on allait les appeler successivement à y prendre place, quand une discussion assez vive s'éleva entre notre conducteur et un monsieur vêtu d'une peau de
bique, rapée comme un bonnet à poil qui
aurait servi tous les gouvernements depuis
la première république jusqu'au dernier
empire, lequel monsieur tenait en laisse et
surveillait avec amour une lice courante de
la plus grande beauté. Je prêtai machinalement l'oreille à ce colloque de plus en plus
animé, et il me suffit de quelques mots que
je saisis au passage pour être au courant du
sujet de la querelle. Le conducteur — comme
beaucoup de ses pareils — avait avec lui un
chien, affreux prolétaire à la mine insolente,
et le monsieur à la peau de bique, qui s'é-
tait donné le luxe de louer l'impériale à lui

tout seul, y compris sa lice, n'entendait pas
que celle-ci, dans la position où elle se trouvait, eut le roquet pour voisin sous la bâche,
parce que... parce que... ma foi! je vous le
laisse à deviner.

» Les motifs allégués de part et d'autre,
chacun pour maintenir son droit à ne pas se
séparer de son compagnon à quatre pattes,
me parurent si comiques et me firent espé-
rer des scènes si divertissantes, que bien
que le temps ne fut pas très engageant, je
renonçai à mon coin dans le coupé pour
prendre une place qui restait libre sur la
banquette à côté du tenace conducteur, que
j'entendais persister à ne pas vouloir quitter
son chien, du moins tant que durerait la
traversée de Paris. Seulement, par esprit de

conciliation, il promettait de le mettre sur
la grande route, une fois qu'on serait un
peu au-delà des barrières ; mais il ne s'engageait pas à le laisser courir jusqu'au terme
du voyage, dont la longueur était de cent
kilomètres. Ce fut à la suite de ce compro-
mis, qui ne satisfaisait personne, cela va
sans dire, que la diligence quitta la rue du
Bouloi.

» J'ai été militaire pendant vingt ans de
ma vie, et je suis chasseur pour le reste de
mes jours, d'où il résulte que lorsque cela
me plaît, je fais très vite connaissance avec
les gens que je rencontre pour la première
fois, quitte à ne plus penser à eux et à ou-
blier leur figure aussitôt que j'ai le dos
tourné. Il n'y avait donc pas un quart d'heure

que j'étais sur ma banquette, que je savais
le nom du voyageur étendu sous la bâche,
et le motif de son excursion en Normandie.
Que ne m'aurait-il pas conté si je l'eusse
pressé un peu ?

» M. *** de la Côte-d'Or, que vous avez
sans doute reconnu, car c'était lui, se rendait du milieu de la Bourgogne chez un de
mes voisins de campagne, possesseur d'un
magnifique équipage : il voulait marier sa
lice avec le chien de tête de cette meute,
dont la renommée était venue tout récemment jusqu'à lui.

» Quand je lui eus dit que je la connais-
sais et qu'elle méritait sa réputation, il parut
enchanté et devint de plus en plus confiant
avec moi, ce qui l'amena à me faire des ques-

tions à pouffer de rire sur le futur époux de
sa chienne.

» Durant notre conversation sur ce sujet
délicat, nous fûmes souvent interrompus
par les entreprises galantes du roquet de
notre conducteur, que j'avais pour voisin
très gênant et très agité sur la banquette.
A chaque instant, le gaillard, malgré les
efforts de son maître, qui cherchait loyale-
ment à le retenir entre ses jambes, s'élançait d'un bond jusque sous la bâche où trô-
nait nonchalamment la belle amoureuse,
dont la vertu, je suis obligé d'en convenir,
s'effarouchait si peu, que nous étions dans
la nécessité d'intervenir tous les trois pour
empêcher le scandale d'une mésalliance sur
le grand chemin. Les choses restèrent, non

sans dispute, jusqu'au premier relais dans cette situation à la fois périlleuse et burlesque. Là, le voyageur de l'impériale réclama si impérieusement l'exécution de la promesse qui lui avait été faite, au départ, en ma présence, que l'audacieux soupirant, à son grand désespoir, fut jeté sur le pavé.

» — Eh bien! vous voilà satisfait — dis-je à mon compagnon de la bâche, qui, dans sa joie, avait glissé deux écus de cent sous dans la main du conducteur, qu'il était prêt à battre quelques minutes auparavant, car les choses en étaient venues à ce point.

» — Je vous en réponds! — s'écria-t-il vivement.

» Puis, se penchant vers mon oreille, il reprit à voix basse :

» — Avez-vous remarqué comme c'est insolent ces chiens du peuple?

» — Ils savent peut-être, comme certains mauvais sujets, que c'est le meilleur moyen d'avoir des bonnes fortunes.

» — Et cette drôlesse qui se serait laissé faire si nous n'avions pas été là!

» — Preuve certaine que le calcul du roquet était bon, et que l'insolence peut avoir son charme aux yeux des beautés les plus aristocratiques. Elle va droit au but, ce qui est bien quelque chose.

» — C'est que, voyez-vous — répliqua monsieur *** en cessant de parler bas — j'ai été pincé une fois dans des circonstan-

ces toutes semblables, et je me suis bien
promis, que, à l'avenir, je ferais si bonne
garde, que toute surprise ou toute trahison
serait impossible... Voulez-vous savoir ce
qui m'est arrivé ?

— Vous comprenez que je répondis affirmativement — nous dit M. de C****** — on ne
refuse de connaître une histoire d'un original de cette espèce, que quand on les con-
naît déjà toutes, et je n'en étais pas encore
là après deux heures de vie commune.

» — Vous saurez donc — poursuivit-il —
que j'avais pris le chemin de fer de Tours
pour me rendre en Vendée avec cette même
demoiselle qui se trouvait, par parenthèse,
dans la même position, et que j'allais ma-

rier entre Saumur et Angers. Ne pouvant la
garder avec moi dans une diligence, j'avais
loué, pour elle seule, le wagon destiné aux
chiens, sur l'assurance qui m'avait été don-
née qu'il ne contenait encore aucun *voyageur*, et que l'on n'y mettrait personne.....
Eh bien! monsieur, devinez-vous comment
je fus récompensé de ma confiance dans
l'administration du chemin de fer? Au bout
de neuf semaines, jour pour jour, cette co-
quine de Bellisante, que j'avais unie en ma
présence à un superbe poitevin tricolore et
à poil ras, qu'elle avait très bien accueilli,
me fit, et dans ma chambre encore, sur le
meilleur de mes fauteuils, s'il vous plaît,
neuf petits chiens couleur marron et frisés
comme des mérinos. C'étaient des caniches,
monsieur! De ces affreux caniches qui ne

sont bons qu'à sauter pour le roi de Prusse,
ou à désigner la demoiselle la plus amoureuse de la société ! ! Et, à la gare d'Orléans,
on m'avait fait payer vingt-cinq francs pour
ce beau chef-d'œuvre ! ! ! Si ce n'est pas une
infamie... Aussi, depuis ce temps - là, je
prends toujours la diligence, et, quand il
n'y en pas, je me permets le luxe d'une
voiture particulière, et, de cette façon, je
n'ai pas de malheur à craindre.

— Vous n'aurez pas de peine à croire
que j'eus besoin de tout mon sangfroid et de
tout mon savoir-vivre pour ne pas éclater
de rire à plusieurs reprises, pendant ce récit des bouffonnes tribulations du compagnon de voyage que le hasard m'avait
donné. Il m'aurait raconté un de ces mal-

heurs de famille qui laissent de longues et douloureuses traces dans la mémoire de ceux qui les ont éprouvés, qu'il n'eût pu être ni plus animé ni plus ému. Son œil étincelait de colère au souvenir de l'abus de confiance dont il avait été victime ; sa voix était tour à tour étouffée et éclatante, et il faisait des gestes furieux, comme s'il menaçait en pensée l'administration du chemin de fer, qu'il considérait comme la cause première de sa mésaventure. Au milieu de tout cela, ses inquiétudes passées se réveillaient par intervalle, car, s'il n'avait plus à redouter le voisinage de l'entreprenant roquet, qui galopait entre le cheval de gauche du timon et la roue de devant de la voiture, en tirant la langue et en tenant ses regards ardents attachés sur nous, il lui fallait en-

core surveiller sa chienne, qui, deux ou trois
fois déjà, avait tenté de sauter de l'impériale
sur la grande route, pour rejoindre son
amoureux, au risque de se fracasser les
reins ou de se briser la tête. M. *** avait
donc roulé autour de son bras la laisse qui
retenait Bellisante, et, par surcroît de précautions, il ne la perdait pas un seul instant
de vue, tout en causant avec moi.

» Mais il était dit que l'éternelle comédie
de la *Fille mal gardée* aurait encore une
représentation ce jour-là, et que je serais
au nombre des spectateurs.

» A Gisors, où nous nous arrêtâmes pour
déposer une famille qui occupait la rotonde,
notre conducteur fut obligé de se glisser

sous la bâche pour dégager les malles et les sacs de nuit qui appartenaient à ces voyageurs. Il lui fallut, pour cela, déranger M. ***, et, dans un moment où la vigilance de celui-ci était un peu en défaut, Bellisante prit son élan avec toute la témérité de la passion en délire qui ne calcule rien, et, comme elle était attachée au poignet robuste de son maître par un lien solide, elle resta suspendue à la hauteur du coupé de la diligence.

» Qu'on juge du désespoir et des perplexités du pauvre Bartolo dans une extrémité aussi cruelle!

» S'il cherchait à ramener l'imprudente à lui, il l'étranglait infailliblement.

» S'il abandonnait la corde pour lui sauver la vie, horreur et honte! le roquet était en bas, tout frémissant d'amour, et, il y avait, aux alentours de la voiture, un dédale de petites rues sombres et tortueuses, dans lequel l'ardent Almaviva et la faible et tendre Rosine pouvaient disparaître en un clin d'œil, et rendre possible une seconde fois la mésaventure des caniches, avec cette différence peu flatteuse que ce serait alors une portée de ces affreux petits chiens loups, blanc sale, qui composent la race adoptée par les conducteurs.

» Il y eut là, pour le pauvre M. *** de la Côte-d'Or, un moment de terrible angoisse !

» Enfin, l'humanité et la loi Grammont l'emportèrent !

» Notre homme poussa un gros soupir de résignation, et, faisant un suprême effort sur lui-même, il déroula rapidement la laisse entortillée autour de son bras, mais, en même temps, il s'élançait lui-même du haut de l'impériale pour se mettre à la poursuite des deux amants, qui ne s'étaient pas amusés à la moutarde, comme on dit quelquefois.

» Tout cela s'était passé dans l'espace de quelques secondes, mais n'en avait pas moins attiré l'attention des badauds rassemblés, suivant l'usage, autour de notre véhicule.

» Environ dix minutes après, et comme la diligence allait se remettre en route, nous vîmes reparaître tout à coup l'infortuné Bartolo.

» Il était en nage, haletant, couvert de boue de la tête aux pieds, comme s'il s'était roulé dans le plus fangeux des ruisseaux de Gisors, mais, enfin, il rapportait dans ses bras la belle fugitive, qui ne nous parut guère plus immaculée que son maître.

» La foule avait encore augmenté aux abords de la voiture dans l'attente de ce retour, et Dieu sait quels discours il s'y tenait sur l'événement et ses conséquences. Je vous assure que, pour les oreilles d'un ancien capitaine de chasseurs à cheval, c'était quelque chose de fort amusant.

» Mon compagnon de voyage, avec la

naïve confiance d'un homme profondément
convaincu que tout le monde doit partager
sa sollicitude pour ce qu'il aime, me tendit
la lice qui tournait des regards langoureux
vers son séducteur, que l'on apercevait à
quelque distance, dans une attitude dont la
désinvolture cynique trahissait plus de satisfaction que de regret, et pendant que je
le débarrassais de son précieux fardeau, il
me dit à l'oreille, d'une voix à peine intelli-
gible, tant il était encore ému et essouf-
flé :

» — Enfin, je suis parvenu à la reprendre !

» — Je le vois bien — répondis-je —
mais.....

» — Ma parole d'honneur je crois qu'il n'y a rien en — interrompit-il vivement — cette fois Bellisante n'a été qu'un peu coquette, et je lui pardonne.

» Certes un mari aurait pu difficilement mieux dire dans une circonstance analogue.

— Vous savez — continua l'aimable conteur, en quittant le ton du récit pour prendre celui de la conversation — que monsieur *** se rendait chez un de mes voisins de campagne ?

— Oui — répliquai-je — et je devine que vous ne pûtes résister au désir de l'y accompagner..... Franchement il aurait fallu que j'eusse des affaires bien pressantes pour m'empêcher d'en faire autant à votre place.

— Ce fut donc aussi ce qui arriva, et de la sorte je me trouvai témoin du mariage officiel de la belle lice, laquelle, par parenthèse, fit beaucoup plus la mijaurée avec son charmant époux légitime, qu'elle n'avait jugé à propos de la faire avec son ignoble galant de grand chemin. Toutefois elle finit par se rendre de manière à ne nous laisser aucun doute sur l'authencité de la consommation. Pour mon droit de présence, je fis promettre à notre original de me garder un couple des enfants qui viendraient à naître de cette union, très bien assortie vraiment. Il s'y engagea de la meilleure grâce du monde, en me disant qu'un homme qui a le *feu sacré* — vous voyez qu'il n'a pas renoncé à sa phrase de prédilection - ne manque jamais à sa parole en pareil cas.

— Eh bien! l'a-t-il tenue? — demandai-je à monsieur de C***, dont la petite histoire m'avait fort diverti.

— Eh non! mais je lui rendrai cette justice qu'il n'y eut de sa part ni oubli ni mauvaise volonté.

— Que se passa-t-il donc?

— Quoi! vous n'avez pas plus de pénétration que cela!

— Mais puisqu'il n'y avait rien eu à Gisors.

— Vous allez voir comment il n'y avait rien eu. Deux mois après notre rencontre, je reçus de M*** de la Côte-d'Or ce lamentable billet, que j'ai d'autant mieux retenu, que je le considérai alors comme le dénouement obligé de **la** comédie de la *Fille mal gar-dée*,

« Très illustre confrère en Saint-Hubert.

» Plaignez mon infortune, car, cette fois, je n'ai pas même des caniches, mais d'affreux chiens de conducteur de diligence, ce qui est encore bien plus humiliant pour un veneur dévoré *du feu sacré*. Je vais faire transformer en harem pour mes lices la chambre de ma femme, que j'ai perdue récemment, et j'espère qu'à l'avenir il n'y aura plus de mésalliance dans ma meute : c'est triste à dire, monsieur; mais le beau sexe de notre temps manque tout à fait de dignité.

» Au surplus Bellisante portera la peine de sa faute, puisque je l'ai condamnée au veuvage à perpétuité, conformément à ce précepte de du Fouilloux.

» *Le veneur jaloux de posséder une meute franche de tout mauvais alliage, devra se gar-der comme de malemort* (1) *de redonner le mâle à la lice qui aura été mâtinée deux fois, parce que les chiens qui en proviendront, quel qu'en soit le père, garderont toujours quelque chose des méchants fruits qu'elle aura portés,*

» Tel est, monsieur, le triste résultat du voyage que j'ai eu le plaisir de faire avec vous en février dernier. Veuillez le commu-niquer à monsieur votre ami, à qui j'avais promis, comme à vous, deux chiens de ma chienne pour lui témoigner ma reconnais-

(1) Lèpre incurable.

sance de la bonne grâce avec laquelle il m'avait prêté son étalon.

» Dès que j'aurai des élèves nés dans mon harem, je m'empresserai de m'acquitter envers vous et envers lui.

  » Votre dévoué et malheureux confrère en Saint-Hubert *** de la Côte d'Or.

Voilà à peu près mot pour mot l'histoire de M. de C*** faisant suite à la mienne. Je conviens qu'elle n'est pas sans quelque apparence d'avoir été improvisée à plaisir, séance tenante, pour renchérir sur ce que j'avais dit. Toutefois, connaissant le personnage qui en est le héros, je la tiens pour très authentique, sauf peut-être quelques légères broderies à la surface qui n'altèrent

en rien la vérité du fond. D'ailleurs n'est-ce
pas surtout en fait de chasse et de chasseurs
qu'il est permis de se faire un argument de
ce vers éternellement juste de Boileau:

› Le vrai peut quelquefois n'être pas vraisemblable. »

La société Rallie-Bourgogne.

Avant de terminer cette première partie de mes esquisses cynégétiqües, vaste sujet dont la matière ne sera pas de sitôt épuisée par moi, car ma galerie de portraits à pein- dre est loin d'être terminée, je vais essayer

un large croquis de ces fameuses chasses de
Fours et autres lieux, que, plus d'une fois
déjà, j'ai fait passer au train de débucher
sous les yeux de mes lecteurs, sans chercher alors à attirer plus particulièrement
leurs regards sur tel ou tel des personnages qui, pour un motif ou pour un autre,
y jouaient les principaux rôles. Les récits
auxquels je fais allusion s'efforçaient de représenter les lieux et les scènes, ce qui va
suivre est une tentative pour donner une
idée des acteurs : après le panorama mou-
vant, la lanterne magique. C'est ainsi qu'autrefois, chez Séraphin, les ombres chinoises
terminaient toujours le spectacle.

La société *à moi Morvan !* devenue plus
tard *Rallie Bourgogne !* mérite à coup sûr
qu'on lui accorde une mention toute spé-

ciale, qui perpétue le souvenir et l'exemple de ses faits et gestes dans la mémoire de tous les véritables chasseurs, ce qui ne veut pas dire tous les *quidams* qui se passent la fantaisie d'avoir quelques chiens dans une étable à vaches, une trompe accrochée dans leur vestibule, et un malheureux *Jean fait tout* qu'ils appellent pompeusement — *mon piqueur.* — Constituée dès l'origine sur des bases solides, réglementée et dirigée par des veneurs expérimentés et sérieux, qui voyaient dans une institution de cette nature autre chose qu'un costume, ayant plus ou moins de *chic*, à endosser quinze ou vingt fois par an, et un banquet à faire quelque part le jour de la Saint-Hubert, cette société doit être pretégée contre l'oubli, cette seconde mort qui ne respecte presque rien,

par tous ceux qui ont eu l'honneur de lui
appartenir. Selon moi, et c'est un titre qui
en vaut bien un autre, elle peut être consi-
dérée à bon droit, sinon comme la mère, du
moins comme la sœur très aînée de toutes
celles qui ont été successivement fondées en
France après les désastreux événements de
1830, alors que tant de jeunes gens riches
avaient cru devoir renoncer à la carrière des
armes. Cette chevaleresque gentilhommerie,
trompée dans toutes ses légitimes espérances
d'avenir, apporta dans le nouveau genre de
vie auquel elle s'était noblement condamnée
par scrupule de conscience, ce fiévreux besoin d'activité et cet âpre désir de péril, au
moyen desquels les défenseurs malheureux
des causes vaincues essayent de se sous-
traire à la souffrance du repos, le plus cruel

de tous les supplices sans contredit pour les êtres dont l'âme est ardente et le corps robuste.

Je n'ai — que le lecteur veuille bien en être convaincu — aucune prévention d'invalide morose contre ce qui existe aujourd'hui — il est bien entendu que c'est de la chasse seulement que je parle — et cependant je n'hésite pas à soutenir que, dans mon opinion, jamais la vénerie moderne de notre pays, le premier de tous sous ce rapport, n'a brillé d'un plus vif éclat que pendant la belle époque de *Rallie-Bourgogne*. Où retrouvera-t-on, par exemple, aujourd'hui ces grandes réunions qui, du milieu d'octobre à la fin de février, se transportaient alternativement du fond des gorges de l'Autunois aux confins extrêmes des forêts de la Champagne ou du Barrois, et de celles-ci aux sombres halliers du Morvan, la contrée aux hallalis émouvants par excellence. Où, aussi, rencontrera-t-on un pareil assemblage d'hommes d'élite? La science, dans ce qu'elle a de plus pratique et de moins prétentieux, l'esprit français, dans ce qu'il offre de plus élégant, la bonne camaraderie sans oubli de dignité, l'urbanité facile, le savoir-vivre inné, c'est-à-dire naturel, l'insoucieuse bonne humeur, se trouvaient là, joints à mille autres qualités encore, toutes rappelant l'antique caractère français dans ce qu'il a de plus aimable et de plus attachant. Et quels équipages magnifiques! quels intrépides piqueurs! quels vaillants chevaux! quels délicieux concerts de trompes! Quand je me retrace cette époque, je redeviens jeune par la fidélité et l'ardeur de la pensée, et je sens cependant en moi des regrets amers comme un vieillard dont les beaux jours sont finis sans retour possible.

Qui aurait réuni et conservé la chronique journalière des déplacements et des travaux de la société à laquelle je consacre les dernières pages de cette étude sur les hommes et les faits de chasse qui ont précédé la révolution de 1848, ferait, sans le moindre doute, le livre le plus curieux et le plus amusant qui se puisse imaginer, à la condition cependant de tout dire et de bien dire tout. Ces belles réunions dans des châteaux où la bonhomie cordiale de notre vieille hospitalité se joignait à toutes les splendeurs du luxe moderne; ces voyages

en troupes nombreuses pour gagner les
lieux de déplacement lointain ; ces haltes
pittoresques à la lisière des grands bois dé-
pouillés de leurs feuilles et noyés dans les
brumes de novembre; ces établissements
passagers dans des gîtes le plus souvent
mauvais, mais où l'on apportait tant de
joyeuse humeur, qu'on les trouvait toujours
excellents; ces bouffonnes aventures des
Lovelaces de la bande avec les Dulcinées
des auberges situées çà et là sur le parcours
de l'expédition, et, enfin, ces merveilleuses
chasses où trente veneurs frénétiques se
précipitaient de toute la vitesse de leurs
montures sur les traces de cent vingt chiens
infaillibles, quel vaste cadre pour le metteur
en œuvre dont l'intelligence serait à la hauteur du sujet ! Malheureusement le chas-

seur, homme d'action avant tout, écrit très peu en général, ou, quand par hasard il se décide à rassembler ses souvenirs, il est vieux, fatigué, morose, comme un limier hors de service, et ses récits, décolorés et incomplets, ne peuvent donner qu'une idée très imparfaite des grandes scènes aux- quelles il a assité. Pour s'aventurer dans une semblable entreprise, il faudrait être à même de réveiller et de soutenir sa verve défaillante en chassant de loin à loin en- core, ou tout au moins entendre de temps en temps une fanfare bien sonnée; mais, hélas! ces encouragements ne se trouvent pas partout!

Bien qu'ils me manquent plus qu'à tout autre peut-être dans la retraite que j'habite, c'est ici que j'ai conçu le projet de ces

retours vers mon passé de veneur, et que
j'en essaie l'exécution dans ces causeries
qui pourront bien n'avoir de charme que
pour moi. Qui se rappelle aujourd'hui le
temps qui n'est plus, alors même qu'il a été
heureux et glorieux ! on ne vit que dans
l'heure présente, et pour le plus grand
nombre, *hier* est un jour qui n'a jamais
existé, et demain un jour qui ne viendra
jamais. Ces tristes réflexions ne me décou-
ragent pas, mais elles me déterminent à
resserrer pour le moment les bornes de
mon travail, sauf à les éloigner plus tard si
cette première tentative rencontrait quelque sympathie parmi les personnes qu'elle
devrait intéresser : le peu d'illusions que je
conserve à cet égard n'ôtera rien à ma bonne
volonté, je l'espère du moins.

En dépit de la résolution que j'ai prise de
me restreindre jusqu'à plus ample informa-
tion, j'aurais voulu nommer ici, avec quelque détail, toutes les illustrations de cette
brillante époque de *Rallie—Bourgogne*, qui
commence à disparaître dans les obscures
profondeurs du passé; mais si je succom-
bais à cette tentation, je serais infailliblement entraîné au-delà du cercle que je me
suis tracé, et dans l'intérêt des personnes
qui me lisent j'aurai le courage de n'en pas
franchir les limites. Je ne parlerai donc pas
longuement de tous *maintenant*, mais ceux
dont je ne ferai que citer les noms doivent
être sûrs qu'ils ne sont pas oubliés de l'hum-
ble chroniqueur des mâles vertus de leurs
compagnons, car si la place est trop étroite

dans les pages qu'il écrit, il n'en est pas de même de sa mémoire.

Depuis la chute de l'empire jusqu'à la catastrophe de juillet 1830, la vénerie de premier ordre n'était, à peu d'exceptions près, représentée en Bourgogne que par trois hommes marquants, qui demeuraient trop dans le voisinage les uns des autres, et ne faisaient pas assez d'excursions hors de chez eux, pour que les bons exemples qu'ils donnaient pussent trouver de nombreux imitateurs. MM. Charles Brosse, César de Moreton Chabrillant et Abel de Vichy, tous habitant le Charolais, étaient, les deux premiers surtout, d'intrépides et consciencieux veneurs, sur lesquels il y aurait certainement beaucoup de choses intéressantes

à raconter ; seulement, et ceci n'est pas un
reproche que je leur adresse, tant s'en faut,
on ne saurait les ranger parmi ces hardis
novateurs qui, parfois, agrandissent les hori-
zons de la science, mais qui, parfois aussi, la
mettent en péril en la précipitant hors des
routes connues. Il en était de même de
MM. de Pracomtal et de Vitry, en Nivernais,
et, dans la Côte d'Or, de M. Marey Gassendi,
le meilleur chasseur de lièvre qui, au dire
des juges compétents, ait existé depuis le
comte de Fussey. Tous ces hommes d'élite
ont rendu, à des degrés divers, d'éminents
services à la noble cause de la vénerie, et si
à d'autres appartient l'honneur de lui avoir
donné l'impulsion puissante qui naît de
l'esprit d'association, du moins l'ont-ils merveilleusement préparée à la recevoir. Je

regarderai donc comme un devoir très doux
à remplir, si je suis dans le cas de reprendre
ces esquisses, de les continuer par eux. Je
les ai aussi connus, et je m'enorgueillis
d'avoir plus d'une fois chassé dans leur compagnie. Pierre, de M. Charles Brosse, Cho-
pelin, du comte de Moreton, Saint-Jean, du
marquis de Vichy, et La Plume, de M. Marey,
sont de ces types vigoureusement accusés
dont le lecteur me saura gré de lui faire
faire la connaissance : qu'il m'y encourage
seulement, et il verra si je tiens à lui être
agréable.

Le véritable créateur des grandes chasses
à courre qui remplissent mon souvenir pour
le moment, fut le marquis de Mac-Mahon,
en ce sens que, le premier de tous, il avait,
vers 1831 ou 1832, lancé hardiment dans

la voie du progrès le plus avancé la vénerie
de l'Autunois, qui, depuis les mauvais jours
de la révolution, s'était, en quelque sorte,
pétrifiée dans le *statu quo* d'une routine
bourgeoise, dont on ne peut s'expliquer la
tenace influence que par la diminution des
fortunes et l'oubli complet des habitudes
aristocratiques d'autrefois. Le noble marquis
n'était cependant pas ce qu'il est permis
d'appeler un maître-veneur dans la rigou-
reuse acception du mot. Lui-même avouait,
avec une grâce du meilleur goût, sa profonde ignorance de tout ce que les livres
mettent à la portée du premier venu, et s'il
lisait parfois le bonhomme du Fouilloux,
dont j'ai vu entre ses mains un très curieux
exemplaire du temps, j'ai lieu de croire
que c'était plutôt pour certaines gaillardises

qui s'y trouvent que pour les excellents
préceptes qu'il renferme. Si on lui eût mis
entre les mains le cordeau de la botte d'un
limier, il ne serait peut-être pas venu à bout
de faire le bois à la satisfaction des érudits,
car la chasse a ses pédants comme les autres
sciences. Peut-être aussi, après un long défaut,
M. de Mac-Mahon aurait-il eu de la peine à
reconnaître le pied de l'animal de meute
au milieu d'autres traces plus ou moins récen-
tes. Il faut, pour acquérir ces connaissances
froidement positives, une patience et un esprit d'observation qui étaient incompatibles
avec sa bouillante ardeur. Le fougueux
Condé ne savait pas méditer aussi bien que
le sage Turenne, autrement, au lieu d'être
un héros, il eût été un Dieu, et *Dieu seul est
Dieu*, comme disent nos bons amis les

Turcs, ces dignes représentants de la civili-
sation moderne..... Voyez le *Moniteur*, *et
allez, la musique !*

Une fois en pleine chasse, c'est-à-dire
aussitôt que le cerf, le sanglier ou le chevreuil était lancé, le marquis ne réfléchis-
sait pas, il agissait ; il ne préparait pas len-
tement la victoire au moyen de combinai-
sons profondes, il l'arrachait violemment à
la fortune à force d'inspiration et d'audace.
Entre lui et le chasseur timoré, dont la lente
conception a besoin de s'éclairer sans cesse,
il y avait toute la distance qui sépare le
grand orateur qui improvise son discours,
du pauvre lecteur qui anonne le sien. Dans
les moments critiques, quand chacun autour de lui se creusait la cervelle pour
trouver le nœud d'une difficulté, il parve-

nait à la résoudre par un redoublement
d'action, que les prudents, bien entendu,
prenaient pour l'égarement du délire, jusqu'à l'instant où le résultat venait leur démontrer que c'était tout simplement l'illu-
mination soudaine du génie surexcité par la
passion. Le grand Frédéric disait : — *Il y a*
deux manières de gagner toutes les batailles,
pour un général expérimenté : jeter, dès le
début de l'affaire, son bâton de commande-
ment dans les retranchements de l'ennemi, et
fondre sur lui l'épée à la main, ou manœuvrer
du matin au soir pour l'envelopper; mais j'ai
toujours vu que la première était la meilleure.
Le marquis de Mac-Mahon était de cet
avis.

Aussi, son cri de guerre était-il, comme
celui des anciens chevaliers — *en avant !* —

Parfois, cependant, il s'écriait d'une voix retentissante : — *Messieurs, du calme !* — Mais, dans ces moments-là, le feu qui jaillissait de ses regards, l'animation de sa physionomie et la violence désordonnée de ses gestes, signifiaient clairement que l'expression manquait à l'énergie de sa pensée, et qu'il s'en fiait à l'intelligence de ses compagnons pour comprendre que, dans sa bouche, ces mots : — *Messieurs, du calme !* — voulaient encore dire : — *Mes amis, en avant !*

Sans en avoir la complète certitude, j'ai lieu de croire que le goût passionné du marquis de Mac-Mahon n'avait acquis tout son développement qu'à partir de l'époque où, par suite des événements de 1830, il s'était cru dans l'obligation de quitter, sans retour, l'état militaire, pour lequel il était né, et qui l'eût sans doute conduit aussi loin que celui de ses frères que nous voyons, jeune encore, déjà général de division aujourd'hui. A partir de cette époque, la chasse devint pour lui comme une image des émotions de la gloire et de la guerre qu'il avait toujours rêvées, et dont la perspective disparaissait pour jamais de son avenir. Aussi ce qu'il en aimait le plus, c'était d'abord les périls qu'on y trouve, et ensuite l'activité physique qu'elle exige. Ce ne serait pas assez de dire qu'il cherchait le danger : il l'inventait et savait le faire surgir, même de l'innocente poursuite d'un chevreuil. Les obstacles semblaient naître sous ses pas, comme pour lui fournir des occasions plus nombreuses de montrer avec quelle témé-

rité élégante il se jouait d'eux. Il rencontrait des fossés, des haies et des ravins où
personne n'en avait jamais remarqué avant
lui, et c'était merveille de voir à quel point
il se débrouillait dextrement de tout. Pour
moi, ce spectacle me réjouissait presque
autant que la chasse elle-même.

On aurait tort de croire que l'illustre président de *Rallie-Bourgogne* ne pouvait ac-
complir les hardiesses dont je viens de
parler qu'avec des chevaux d'élite. Il était
aussi téméraire et aussi heureux sur le premier *criquet* venu, pourvu qu'il eut du cœur,
que s'il avait eu Bucéphale entre les jambes, et si la fortune s'était amusée à res-
susciter pour lui Rossinante, il serait parvenu à faire de la pauvre bête un second
Eclipse. Je lui ai connu, de 1835 à 1837, un

certain Gargantua qui était bien l'animal le
plus hétéroclite qu'il soit possible d'imaginer. On en aura à peine une idée en se
représentant le cou disproportionné d'une
girafe étique emmanché dans la charpente
osseuse d'un dromadaire desséché. Et
quelles jambes, bonté divine! Jamais on
n'aurait cru qu'elles avaient été faites pour
courir, car on aurait dit les quatre piquets
recouverts de peau qui supportent un animal empaillé. Quand la chétive haridelle,
sellée et bridée, sortait de l'écurie, il fallait
deux hommes pour l'amener jusque dans la
cour où l'on se rassemblait pour le départ :
un qui la tirait par la figure, et l'autre qui
la fouettait à tour de bras par derrière. Eh
bien! à peine la pauvre rosse avait-elle
cheminé dix minutes sous son glorieux

maître, qu'il s'opérait en elle une transformation complète, comme si l'énergie de
l'homme se fut communiquée à la bête par
la mystérieuse puissance du magnétisme.
L'encolure péniblement tendue se recour-
bait avec grâce; les naseaux resserrés et
pâles jusqu'alors se dilataient en montrant
leur membrane empourprée d'un sang géné-
reux ; le corps, dont toutes les parties pa-
raissaient soudées entre elles, comme les
muscles inertes d'un cadavre, s'assouplissait
et se couvrait d'un réseau de veines pal-
pitantes ; enfin les jambes, qui, naguère, ne
se soulevaient qu'avec effort, effleuraient le
sol avec une légèreté qui eut pu faire envie à une gazelle. Si longue et si pénible que
fut la chasse, le prodige durait sans inter-
ruption, même passagère, jusqu'à la der-

nière note de l'hallali; puis, une fois le sanglier ou le chevreuil mis à mort, et les chiens recouplés aux accords joyeux de la retraite prise, Gargantua redevenait tout-à-coup la bizarre carcasse dont je vous ai tracé le portrait, et, tous, nous disions qu'elle serait bien mieux à sa place dans le cabinet de M. Geoffroy Saint-Hilaire que dans l'écurie de notre président.

Le marquis de Mac-Mahon restera long-temps dans la mémoire des hommes de chasse qui l'ont connu, comme le type le plus brillant de la vénerie française, telle que l'a faite l'introdution, probablement définitive, des chiens anglais dans nos équipages. On peut dire qu'il personnifie en lui une école, et que son nom est désormais inséparable de la fondation de ces merveil-

leuses entreprises qui réunissent l'ivresse
de la course au clocher à la satisfaction
plus calme de forcer un animal confiant en
sa vigueur. Il lui a été donné, fortune bien
rare assurément, surtout si l'on songe
combien sa carrière a été courte, il lui a été
donné — dis-je — de pousser jusqu'à sa
plus grande perfection, peut-être même
un peu au-delà, le système dont il a été
l'inventeur, et l'on peut affirmer qu'il n'a
rien laissé à faire à ses successeurs, si ce
n'est de l'imiter avec prudence, ce qui doit,
du reste, suffire à leur ambition, quelque
grande qu'on la suppose.

Le génie lui-même a ses hésitations, ses
doutes et ses tâtonnements, aussi l'illustre
marquis n'est-il pas arrivé d'un seul élan au
but qu'il voulait atteindre, ce que notre ami

Jules Perret caractérisait très bien en disant de lui : que, *comme les maîtres, il avait eu plusieurs manières.*

La première ne s'écartait en rien des traditions de l'ancienne vénerie, car c'était celle de ces braves chiens de tout le monde, chiens droits, bien gorgés et vites, mais de cette vitesse qui permettait aux chasseurs médiocrement montés de les suivre de temps en temps en coupant au court. Cette phase de la carrière cynégétique de notre héros a été courte, bien qu'il ne manquât pas de gens autour de lui pour lui répéter du matin au soir qu'il était dans la bonne voie.

Sa seconde manière, celle que les connaisseurs éclairés avaient approuvée tout de suite, parce qu'elle signalait un progrès

sage sans menace de réforme radicale, a été
cette jolie meute de petits chiens anglais,
vifs dans la quête, très rapides de jarret,
mais merveilleusement ensemble, criant
bien et toujours, avec laquelle le marquis
a commencé à forcer le chevreuil. C'est là
qu'ont brillé Lézardo, Princesse, Royale,
Bombance, et tant d'autres dont je fais
crime à ma mémoire de ne pas retenir les
noms, à très peu d'exceptions près tous
fameux. Ces chiens, comme l'on n'en ren-
contrera plus, sous le rapport de la bonté
du moins, manquaient rarement leur brocard, soit qu'ils l'eussent attaqué dans la
forêt si commode de Demigny, soit qu'ils
fussent obligé de le suivre à travers les
bois si difficiles de Prodhun et de Planoise,
où l'animal sur ses fins trouvait à chaque

instant des eaux mortes ou vives, au milieu
desquelles il rusait en nageant, comme aurait pu le faire une loutre. Mais, de même
que pour le maître, il n'y avait ni impossi-
bilités, ni obstacles pour cet équipage d'é-
lite qui résumait tout ce qui fait le charme
de la chasse : le beau bruit réuni à la
grande vitesse, c'est-à-dire la perfection
dans le progrès. C'était là qu'aurait dû s'arrêter le cher et hardi novateur; ses amis
les plus sincères le lui conseillaient, et lui-
même pensait quelquefois qu'il serait sage
à lui de ne pas s'aventurer plus loin.

Mais quelle puissance humaine aurait été
capable de modérer dans sa course ce tor-
rent qui s'appelait le marquis de Mac-Mahon?
Auprès de lui Achille n'eut été qu'un cul-
de-jatte ! Le marquis voulait avant tout

triompher en courant plus vite qu'aucun chasseur n'avait couru avant lui, et il y serait parvenu sans le cruel et fatal accident qui l'a enlevé à ses amis, si jeune encore malgré son demi-siècle... il aurait organisé la chasse *train express* : sa troisième manière, qui ne fut pas son dernier mot, en fait foi.

Elle consista dans la réunion de cent chiens anglais de pur sang et de grande taille, tous ardents, tous d'une vitesse extrême, unie à une vigueur infatigable. Malheureusement une dizaine d'entre eux, plus rapides encore que les autres dans leur allure, s'emparaient de la tête dès l'attaque, la gardaient avec une avance à chaque instant plus considérable, et prenaient seuls et *silencieusement*, si bien que le gros de la meute,

derrière lequel venait le gros des chasseurs,
n'arrivait que lorsque la besogne était faite
par ces enragés. Qui pouvait se flatter de les
suivre, quand on avait vu le marquis lui-
même, si hardi cavalier qu'il fut, en déses-
pérer pour son propre compte? Aussi, à
partir de ce moment, la société *Rallie-Bourgogne* commença-t-elle à être moins nom-
breuse, car plusieurs de ses membres avaient
trouvé qu'elle faisait une trop grande consommation de chevaux, ce qui était de la
plus exacte vérité.

Encore quelques mots sur le marquis de
Mac-Mahon avant de passer à ses compagnons de gloire.

Avec une vue défectueuse et une oreille
incertaine et même fausse, il n'y a presque

pas d'exemple qu'il ait perdu une chasse, si
multipliés et si dangereux que fussent les
obstacles qui s'opposaient à son ardeur, ou
plutôt la contrariaient inutilement. Si parfois, trompé par son ouïe, qui lui indiquait
d'un côté le son qui venait d'un autre, il lui
arrivait de prendre une fausse direction, il
n'en était pas moins, toujours et souvent
seul, le premier à l'hallali, encore qu'il eût
fait, pour réparer son erreur, deux ou trois
fois plus de chemin que tout le monde. Il ne
portait jamais d'arme à feu avec lui, et lorsqu'il avait affaire à un sanglier hargneux, c'é-
tait le plus habituellement, comme M. Dubarat, dont j'ai raconté les prouesses plus haut,
avec son couteau de chasse qu'il terminait
l'aventure. Le fait suivant fournira la preuve
de ce que j'avance, et s'il trouve par hasard

des incrédules, ce ne sera certainement pas en Bourgógne.

Un jour, aux environs d'Autun, le marquis entra à cheval, à la suite d'un robuste et dangereux ragot, dans une pâture close dont il referma la porte derrière eux. L'animal, se voyant prisonnier, revint sur ses pas pour attaquer son *incarcérateur*, et celui-ci, sans prendre le temps de mettre pied à terre, accepta franchement le combat. Courbé en avant, jusqu'à mettre sa tête de niveau avec l'épaule de sa monture, pour se rapprocher de son adversaire, il lui porta un coup si terrible, que la lame de sa dague resta engagée entre deux des côtes du ragot. Dans ce premier choc, son cheval avait reçu une longue et profonde blessure au-dessus du jarret gauche. Le marquis, désarmé et

presque démonté, n'abandonna pas la partie
dans cette position critique. Il poursuivit
sans relâche le sanglier à travers les broussailles, parvint à le rejoindre à force de le
provoquer à le charger de nouveau, lui ar-
racha du flanc son couteau de chasse, l'atta-
qua à son tour, et finit par le mettre à mort,
après une lutte très acharnée et un moment
indécise. Si l'on tient compte de toutes les
circonstances de ce duel en champ-clos, et
sans spectateurs pour exciter l'orgueil de
celui des deux antagonistes qui était sus-
ceptible d'éprouver ce sentiment, on reconnaîtra que ce fait est peut-être unique dans
les annales de la chasse à courre. Je l'ai cité
de préférence à beaucoup d'autres, parce
qu'il me semble qu'on y peut prendre une
idée assez juste du caractère impétueux

de l'homme que j'ai essayé de mettre en
scène.

Avec plus de science et de sangfroid, le
comte Joseph de Mac-Mahon, frère du marquis, se montrait dans l'occasion le digne
émule de la hardiesse de son aîné. Il avait,
tout en adoptant quelques-unes des idées
nouvelles de celui-ci, recueilli et conservé
quelques-uns des préceptes les plus intelligents de la vénerie d'une autre époque, et,
grâce à ce mélange de deux systèmes dans
ce qu'ils avaient de meilleur, il était devenu
en peu de temps une des lumières de Rallie-
Bourgogne. Je le comparerais volontiers à
un poète qui ne serait ni classique à la façon
de Casimir Delavigne ni romantique à la
manière de Victor Hugo, mais qui aurait su
s'arrêter assez tôt pour ne pas faire les Bur-

graves, et marcher assez loin pour ne pas
commettre Don Juan d'Autriche. M. Mignet
a parlé en pleine académie de la *modération*
intrépide du Chancelier Pasquier, pourquoi
ne dirais-je pas ici, puisque c'est la vérité,
que le comte Joseph de Mac-Mahon avait la
sagesse audacieuse et l'entraînement réflé-
chi? Deux antithèses ne coûtent pas plus
qu'une seule une fois qu'on y est.

Chez le comte, la chasse était moins une
passion dévorante qui le jetait dans le délire, qu'un goût raisonné qui lui laissait le
calme apparent de sa physionomie et la lu-
cidité habituelle de son jugement, dans les
circonstances où le veneur le plus maître
de soi perd toujours un peu de la faculté de
se contenir. Tant que les choses suivaient
leurs cours régulier, on le voyait galoper,

silencieux et morne, au milieu des plus
hardis, dont il ne semblait pas partager l'i-
vresse, quelquefois simulée; mais si quelque incident venait à se produire, si une
difficulté surgissait tout-à-coup, son indiffé-
rence disparaissait subitement, et alors personne ne prenait à l'action une part plus
active et plus utile que lui, semblable en
cela à ces régiments d'élite qui n'entrent
sérieusement en ligne que quand le succès
de la bataille dépend d'un vigoureux coup de
collier. Pour rompre un change déjà ancien,
relever un long défaut, ranimer des chiens
alanguis par la fatigue ou rebutés par les
bourrades d'un sanglier méchant et solidement armé, et servir d'une balle ou d'un
coup de couteau de chasse un animal aux
abois et dangereux pour la meute, le comte

de Mac-Mahon n'avait pas son pareil : c'était le veneur complet par excellence.

Comme un lieutenant habile et dévoué autant que modeste, il préparait et assurait les triomphes de son aîné, sans chercher à usurper jamais une part de sa gloire, si petite qu'elle fût, car il s'effaçait après le succès avec autant de soin qu'avant le péril, à l'exemple de ces amis fidèles et discrets qui s'éloignent de vous dans la bonne fortune, et vous reviennent dans la mauvaise pour vous quitter encore dès qu'ils vous ont tiré d'affaires. Quand le marquis se décourageait d'une chasse languissante, le comte, au contraire, se passionnait pour elle avec une ténacité égale à l'ardeur frénétique de son frère, et il était rare alors qu'il ne parvînt pas à la conduire à bonne fin. Il m'est arrivé, une fois, de suivre, seul avec lui, un chevreuil jusqu'à dix heures du soir, au milieu d'une obscurité de novembre, augmentée d'un brouillard, qui élevait autour de nous une véritable muraille de plusieurs lieues d'épaisseur. Quand les chiens, exténués de lassitude et dégoûtés de leur vaine poursuite à travers la nuit, eurent mis bas, nous fûmes obligés d'entrer dans une ferme et de prendre des hommes avec des torches de paille pour nous ramener au château de Sully. Ce secours n'empêcha point que nous faillîmes vingt fois de nous rompre le cou dans des chemins qui me donnent la chair de poule, rien que d'y penser à dix-neuf ans d'intervalle, et de nous noyer, à plusieurs reprises, dans d'*innocents* ruisseaux, que les pluies d'automne avaient transformés en *perfides*

torrents. J'étais tout fier d'avoir montré tant
de persévérance, et mon compagnon se repro-
chait de n'en avoir pas eu davantage. Selon
lui, nous aurions dû coucher en forêt pour
recommencer le lendemain, dès la pointe du
jour. On comprend que, d'après cela, je ne
m'aventurai pas à lui avouer que j'avais con-
tribué, autant que cela avait dépendu de
moi, à décourager la meute, afin d'avancer
le moment de la retraite, qu'il ne fallait pas
songer à proposer tant qu'un seul chien donnait encore de la voix. Comme homme
de cheval, nul parmi nous n'égalait le comte
Joseph de Mac-Mahon en bonne grâce, en
science et en solidité. Je crois qu'il avait travaillé au manége de Versailles sous le vieux
comte d'Abzac, le dernier représentant de la
savante équitation du dix-huitième siècle.

J'ai été témoin, un jour, d'une chose très
courageuse et très française qu'il a faite.
Nous chassions dans ce beau et sévère parc
de Montjeu, qui rappelle si bien, dans sa ma-
jestueuse tristesse, les fatales grandeurs de
la maison de Guise, et nous avions lancé un
vieux daim dix-cors, pauvre animal plus *civi-
lisé* que sauvage, dont la défense ne pouvait
pas être bien longue. Pressé par la meute, il
n'imagina rien de mieux que d'entrer dans
un des deux étangs d'eau vive qui cou-
ronnent le sommet de la montagne de Mont-
je u, et il va sans dire que les chiens l'y suivirent, aussi décidés à le noyer que s'il les eût
fait courir longtemps. La lutte était sérieusement engagée et le dénoûment tragique
approchait, lorsque deux ou trois compatis-
santes et gracieuses amazones, réunies sur

la chaussée de l'étang, firent entendre le cri de grâce! Tout le monde s'associa galamment à ce vœu, peut-être parce que chacun pensait que la réalisation en était impossible, le champ de bataille se trouvant très loin du rivage, et l'étang ayant une as- sez mauvaise réputation. Les amazones — qui ne sait que les femmes se préoccupent en- core moins des obstacles que les héros? — les amazones manifestèrent de nouveau leur pitié avec un redoublement d'insistance. Alors le comte Joseph de Mac-Mahon lança son brave Irlandais Fox dans l'étang, rejoi- gnit à la nage la meute qu'il écarta par ses gestes et ses cris menaçants, et saisissant le daim d'une main vigoureuse, par l'un de ses bois, il le ramena, tous deux nageant côte à côte, jusqu'à un épais fourré, dans lequel

l'animal se hâta de disparaître. Ce fut un si
beau spectacle, vraiment, que nul de nous ne
regretta l'hallali plus sérieux dont il avait
été privé. Il me semble qu'un peintre de
genre trouverait dans cette scène le sujet
d'un charmant tableau.

Les autres illustrations de nos grandes
chasses de *Rallie-Bourgogne*, dont le souvenir
m'est le plus présent, sans doute parce que
mon cœur vient en aide à ma mémoire,
étaient le marquis et le comte de Vitry, le
comte et le marquis de Villers-le-Fays, le
marquis de La Ferté et son frère, le comte
de Champlâtreux, le comte Rostaing de Pracomtal, le marquis d'Epeuilles et M. Jules
Perret. J'ai déjà parlé de ce dernier dans
plusieurs de mes études et nouvelles cynégétiques, et si je ne le nomme qu'après

tous les autres, c'est que je lui réserve une
mention toute spéciale à la fin de ce travail
sur la société de *Rallie-Bourgogne*, dont il
était la pensée, comme le marquis de Mac-
Mahon en était l'action. Appelé par nous au
poste éminent et difficile de notre dictateur,
il avait eu, tout à la fois, le bon goût d'en
refuser le titre, et l'excellent esprit d'en
exercer les fonctions : rare exemple de
sagesse assurément.

Chacun de ces hommes d'élite avait sa
physionomie très caractérisée, et contribuait largement pour sa part à l'éclat et à
l'agrément de la réunion. Celui-ci attirait
les regards par sa haute taille et sa distinction de grand seigneur d'autrefois; celui-
là se faisait remarquer par sa bonhomie

rustique, sa ténacité rude et le merveilleux
instinct qui lui tenait lieu de science : en
chasse c'était une sorte de *voyant*, à la manière des montagnards écossais. On admi-
rait dans les uns leur passion exclusive
pour le noble déduit mis en honneur par
Saint-Hubert, et dans les autres, au contraire, qu'ils n'aimâssent en lui qu'un de
ces délassements de la vie élégante dont se
servent ceux qui s'y livrent pour avoir l'occasion de se montrer hardis et gracieux
cavaliers, bons sonneurs de trompes, en un
mot *gentlemen* accomplis. C'est ce qu'étaient
surtout les deux La Ferté, qui avaient
dignement soutenu, quelques années avant
la fondation de *Rallie-Bourgogne*, la vieille
renommée de notre vénerie chez nos voisins d'outre-Manche. A ce sujet voici une

anecdote dont l'authenticité m'a été affirmée par des personnes dignes de foi.

Le plus jeune des deux frères, le comte de Champlâtreux, resté en Angleterre après le départ de son aîné, avait été invité à assister à plusieurs grandes chasses au renard, chez un noble châtelain du Norfolck, qui avait convié en même temps les plus célèbres *sportmen* du comté. Ceux-ci eurent la mauvaise idée de vouloir *tâter* le veneur français, sous le rapport de la témérité à cheval, et ils s'y prirent si gauchement, en véritables Anglais de la province qu'ils étaient, que le comte de Champlâtreux n'eut pas de peine à deviner leur intention de mettre son courage à l'épreuve dès le premier jour. Il n'en témoigna aucun mécontentement, mais il se promit d'*essayer* à

son tour ceux qui avaient douté de lui. La
chasse du lendemain lui en fournit l'occasion. Le renard, lancé au sommet d'une
montagne assez élevée, se précipita, avec la
rapidité effrayante d'un train de grande vitesse, vers une vaste plaine tourbeuse,
coupée en tous sens de ravins et de fon-
drières, dont quelques-uns étaient de véritables abîmes. Au moment de l'attaque, le
comte de Champlâtreux commença par descendre au triple galop la montagne, dont le
sol n'était composé que de petits rochers et
de pierres roulantes, puis il s'aventura
bravement au milieu de tous les obstacles
de la tourbière, ici faisant cinquante formidables sauts de suite, là nageant pendant
un demi quart-d'heure dans une eau noire
comme de l'encre et épaisse comme du

cambouis, et partout semant sur son chemin ses mystificateurs de la veille, qui avaient d'abord essayé de continuer la plaisanterie, et dont pas un ne se trouva à la mort du renard, à laquelle le comte de Champlâtreux assista seul. Notez bien qu'il montait un cheval d'emprunt, que le pays lui était à peine connu, et qu'il n'avait aucune idée de la nature et du nombre des difficultés qu'il devait vaincre successivement. Le soir, quand le châtelain qui lui donnait l'hospitalité le complimenta sur sa hardiesse, il eut le bon goût de répondre qu'il ne fallait l'attribuer qu'à la vigueur extraordinaire du cheval qu'il montait. Quant aux mystificateurs, ils aimèrent mieux se tenir pour battus que de tenter de prendre leur revanche, c'était beaucoup moins périlleux.

Pour marcher à la tête d'une troupe nom-
breuse de veneurs, recevoir avec une dignité gracieuse les rapports des valets de
limier, savoir *tenir* le cercle rassemblé autour du feu de bois vert allumé au rendez-
vous, et être passé maître dans l'art de pré-
sider à une curée un peu solennelle, nul
n'égalait le marquis de Vitry. Sa haute taille,
sa belle et calme physionomie, sa fine che-
velure blanche qui formait un contraste des
plus heureux avec ses traits jeunes encore,
tout se réunissait pour faire de lui le plus
admirable *père noble de vénerie* qu'il soit
possible à l'imagination de se représenter.
Je ne l'ai jamais vu cheminer à notre
tête, du temps de la société *à moi Morvan !*
dont il était *président honoraire*, sans penser
à Louis XV, le parfait gentilhomme par

excellence. J'ai entendu des gens lui repro-
cher de manquer d'esprit. Je ne me per-
mettrai pas de rien décider à cet égard;
mais en tous cas il avait au plus haut degré
celui de se faire aimer des hommes et
adorer des femmes, et, en fait d'esprit, il me
semble que c'est posséder le nécessaire et
même un peu le superflu. Quand j'ai connu
le marquis de Vitry, il avait dépassé la cinquantaine, ce qui ne l'empêchait pas d'être
encore *charmant*, comme disaient les *élé-
gantes* du temps du Directoire. C'était le beau
idéal de l'âge mûr dans toute sa splendeur.

Le comte Alexandre, son frère, ne lui
ressemblait pas plus qu'un chien vendéen à
poil dur ne ressemble à un gracieux hur-
leur de Normandie. Richement doué du
côté de la franchise et de la bonté, il laissait beaucoup à désirer sous le rapport de la

grâce. Ses manières étaient brusques, sa voix rude, et il fallait le pratiquer long-temps de suite pour bien savoir quel excellent cœur se cachait sous cette enveloppe un peu primitive. Comme veneur, il égalait, en persévance, en sagacité et en résolution, les plus habiles et les plus déterminés; mais pour la grande chasse à courre il avait un grave inconvénient : il aimait à tirer, et quand il tirait il était rare qu'il ne tuât pas; alors il fallait rentrer au logis au bout de quelques heures, quand on s'était flatté de jouir de la musique des chiens pendant toute la journée. Lors d'un séjour que nous avons fait dans l'automne de 1831, chez César de Moreton, en Charolais, il nous a joué trois ou quatre fois de ces tours-là, avec l'aide d'un certain Pierre, son domes-tique, le plus exécrable braconnier qui ait jamais existé. On lançait ; tous les cœurs s'ouvraient à la joie, et puis : *pan !* et tout était fini : M. Pierre n'avait pu résister à la tentation de nous donner une nouvelle preuve de son adresse, que nous ne connaissions que trop bien déjà. Quand donc aurons-nous une révolution assez complète pour qu'il soit permis de conduire à l'échafaud de pareils drôles ? Le vœu est un peu violent, j'en conviens, mais ma foi ! les amis de l'humanité en ont fait bien d'autres, et pour des motifs moins graves : les hom—mes de bonne foi en conviendront.

Le comte Théodule de Villers-la-Fays et son fils Joseph, dignes gentilshommes au cœur d'or, que chérissent et respectent tous ceux qui les connaissent, étaient deux types de veneurs très intéressants à étudier, et d'un commerce fort agréable, parce qu'il n'y avait en eux que franchise, bonhomie et simplicité. J'ai connu le second qu'il sortait à peine de l'enfance, et il y avait déjà si longtemps qu'il chassait, qu'en dépit de son menton imberbe et de son teint de jeune fille, il n'y avait plus moyen de le regarder comme un débutant. J'ai souvent pensé, et je n'étais pas seul de cet avis, que l'excellent et loyal Joseph avait toujours eu une trompe sur l'épaule, un cheval entre les jambes et un couteau de chasse à son côté, tant il lançait vigoureusement sa fanfare dans l'espace, sa monture par monts et par vaux, et sa dague dans la gorge du premier sanglier venu, sans prendre la précaution de s'enquérir d'abord de son caractère. Lors des premières réunions où je me suis trouvé avec lui, à Montjeu et à Sully, dans l'automne de 1834, il n'avait pas tout-à-fait renoncé encore à s'abriter sous l'aile paternelle, et rien n'était plus curieux et tout à la fois plus émouvant que de le voir, fièrement campé sur un vigoureux poney morvandeau, noir comme une taupe et éveillé comme une souris, suivre une grande diablesse de jument cape-de-more, que montait son père, passer partout où ce dernier passait — et je vous jure qu'il ne s'inquiétait guère s'il y avait péril ou non — et tenir tête ainsi aux plus intrépides. Jamais la vérité du proverbe, *bon chien chasse de race* n'a été plus victorieusement démontrée que par ce père et par ce fils, au grand honneur de l'un et de l'autre.

C'est une espèce d'hommes fortement trem-

pée que ces vieux Villers-la-Fays, dont la noblesse ne le cède à aucune autre en France,
j'en demande bien pardon à MM. les ducs
éclos sous le vertugadin de madame de Main-
tenon ou dans les paniers de madame de Pom-
padour. On m'a conté, en Nivernais, il y a de
cela quelques années, qu'en 1822, le marquis, grand-père de Joseph, était parti à *franc
étrier* de chez un ami, le comte de Gou-
vello, qu'il visitait tous les étés, pour retourner à son château du Rousset, en passant
par Lyon, où il devait célébrer la Saint-Louis
avec quelques vieux compagnons de l'armée
de Condé. Le marquis avait, à cette époque-
là, soixante-dix-huit ans, et la petite promenade de santé qu'il se permettait était de
quatre cents kilomètres environ. Les *beaux
fils* de nos jours, qui font du *sport* sur l'as-

phalte du boulevart des Italiens ou dans les
moelleux fauteuils d'un club, ne sont pas
encore de cette force-là. Il leur faut les
coussins de drap cachemire, les oreillers de
soie ou les chaufferettes des wagons de première classe. A ce compte-là, si jamais leurs
descendants se hasardent à voyager, ce sera
dans des écrins, comme des bijoux précieux.
Le marquis de Villers-la-Fays eut fait un
beau tapage si on se fut avisé de lui glisser
sous les pieds un cylindre rempli d'eau
chaude. Et mon père, donc ! et ce vieux che-
valier de Foudras, le marin, qui, n'ayant
pour toute couverture qu'un drap, hiver
comme été, se contentait de se faire mettre
une serviette pliée en quatre sur les jambes,
quand le thermomètre était à dix degrés
au-dessous de zéro ! Voilà des hommes !

mais nous! Il n'y a qu'en fait de goûverne-
ments que nous ne sommes pas difficiles.

Le comte Rostaing de Pracomtal était le
modèle du veneur français dans la meilleure et plus large expression du mot, gai,
spirituel, élégant, toujours le propos joyeüx
où le sourire sur les lèvres, et la franche
gaîté dans le regard. Il sonnait aussi bien
que Baptiste, montait à cheval à satisfaire
le vicomte d'Aure, qui le regardait comme
un de ses plus habiles élèves, et il avait
recueilli dans les traditions de sa famille
toutes les bonnes doctrines de la chasse,
qu'il mettait en pratique sans se faire
valoir, car il était essentiellement bon garçon en toutes choses, et fort incapable d'aucune des mille faiblesses de la vanité. Si, au
bois et dans l'action, il se montrait l'égal

des plus savants et des plus intrépides, dans
les réunions du soir, au château ou dans
l'auberge, nul ne le surpassait dans la faculté si rare d'être, sans le moindre effort,
agréable à tout le monde. Il contait avec
verve, chantait bien, jouait la comédie en
acteur consommé, et pouvait même, au
besoin, entrer comme quatrième dans une
sérieuse partie de wisth. C'était une de ces
natures heureuses qui apprennent facilement tout ce qu'elles ont envie de savoir, et
devinent tout ce qu'elles n'ont pas le temps
d'apprendre. Tel était le comte de Pràcom-
tal, que le ciel avait doué en outre d'un des
plus aimables caractères que j'aie jamais été
dans le cas d'apprécier.

La manière dont nous avons fait connaissance, lui et moi, mérite d'être racontée.

Nous quêtions à la billebaude, avec la meute du marquis de Mac-Mahon, dans la forêt de la Malleroye située à peu de distance du château de Demigny, qui m'appartenait alors et où je donnais l'hospitalité au marquis, à son frère le comte Joseph et à notre futur dictateur Jules Perret. C'était par une chaude matinée de septembre, et les chiens avaient de la peine à trouver une *voie de bon temps*. Tout-à-coup l'un d'eux se mit à donner quelques coups de gueule assez chauds, et presqu'immédiatement une *quête* très habilement sonnée l'appuya. Comme nous étions tous, maîtres et piqueurs, réunis en ce moment, et que je n'attendais personne, nous nous demandâmes qui pouvait être cette trompe non autorisée à se mêler de nos affaires. Le marquis, toujours bouil-

lant, poussa un temps de galop dans la direction d'où les sons partaient, et bientôt
nous le vîmes revenir en compagnie d'un
jeune cavalier fort bien tourné et parfaitement monté: c'était le comte de Pracomtal
qui se rendait de Franche-Comté en Nivernais par une route de traverse. Le marquis
nous le présenta, car ma femme était de la
partie, et nous l'engageâmes à venir chez
nous, où il passa huit jours, à notre grande
satisfaction. J'ai toujours mis cette rencontre au premier rang des plus heureux hasards de ma vie.

Le vicomte Théobald Walsh, historiogra-
phe *in partibus* de *Rallie-Bourgogne*, a très
bien peint le comte de Pracomtal dans ce
couplet de la fanfare qu'il lui a consa-
crée.

« La joyeuse fanfare
» De loin nous annonce Rostaing ;
» Amis, qu'on se prépare
» A l'accueillir le verre en main.
» Saulant fossés et trace,
» Chassant de race,
» Il pique au fort ;
» Et toujours, quoi qu'on fasse,
» Ce bon vivant est *à la mort.*

Le vicomte Walsh a fait d'autres fanfares pour plusieurs membres de la société. J'en citerai encore d'eux, en regrettant de n'en pouvoir pas reproduire ici la musique qui est charmante.

« A la montagne, au bois en plaine,
» Toujours galopant et sonnant,
» D'E******** accourt à perdre haleine :
» Salut à ce fils du Morvan.
    » Il est chasseur,
    » Il est blagueur ;

> » Il est dispos
> » Quoiqu'un peu gros ;
> » Il boit, rit, chante,
> » Beaucoup se vante
> » Et ne connait pas de repos.
> » A la montagne, etc. etc. etc.

La seconde a quelque chose de *Rabelai-sien ;* mais il me semble que cela ne doit pas m'empêcher de la citer : au contraire :

> « Salut à ce joli chasseur,
> » A Charles d'A***** l'amateur.
> » Gaîment il enfourche sa bique,
> » Et part plein d'ardeur au lancé ;
> » De se divertir il se pique,
> » Mais le sanglier l'a lassé......
> » Au logis avec la colique
> » S'en revient le chasseur forcé.

Au milieu des robustes et ardents veneurs

de *Rallie-Bouogogne*, M. Jules Perret, avec sa figure douce et fine, sa démarche prudente et sa voix mesurée qui ne s'élevait presque jamais au-dessus du diapason ordinaire, me représentait un de ces conseillers entre deux âges de l'ancien Parlement de Paris, qui, tout en ne négligeant aucun des devoirs austères de leur grave profession, ne dédaignaient point, dans l'occasion, certaines jouissances mondaines. Soit à cause de cet extérieur d'un homme expert en toutes choses, soit parce qu'il exerçait une sorte de despotisme occulte sur la société, avant même que celle-ci l'eut reconnu pour son dictateur, nous l'avions surnommé le magistrat. C'était lui qui réglait tout ce qui avait rapport à nos déplacements, et il n'eut pas été facile de trouver un organisateur mieux informé d'avance de tout ce qu'il fallait savoir pour ne pas faire une mauvaise campagne, ou un maréchal-des-logis plus fécond en ressources. Quand nous arrivions dans un lieu où il avait précédé de vingt-quatre heures seulement, la bande joyeuse, nous étions sûrs que tous les lits moelleux, tous les vivres délicats et le reste étaient pour nous, eussions-nous pour rivaux dans la localité M. le Préfet et son conseil de révision; et on ne se figure pas à quel point notre ami s'était peu agité pour faire tant de besogne dans un laps de temps aussi court. Où d'autres se seraient heurtés et brisés contre des obstacles insurmontables, il ne rencontrait pas même de petites difficultés, car tout semblait venir à lui comme par enchantement; aussi était-il la

cheville ouvrière, l'homme indispensable de
nos réunions, dans lesquelles il apportait
autant d'agrément par son charmant esprit
que de bien-être matériel par sa profonde
science de la vie. Avec un corps dont les
formes étaient grêles, et une santé d'apparence assez délicate, pour qu'il fut permis de
croire qu'elle avait besoin d'être souvent
ménagée, notre ami suffisait à tout comme
les plus vigoureux, qu'il a vus quelquefois
sur les dents tandis que lui ne paraissait
pas plus fatigué que de coutume. Veillant
tard et se levant dès le point du jour, il ne
manquait à rien jamais, pourvu toutefois
que cela lui fut agréable, car il n'était pas
de ces gens indécis et faibles qui font violence à leurs habitudes les plus chères pour
courir à un plaisir qui les ennuie d'avance.

Il s'affranchissait volontiers aussi d'une grande exactitude dans le costume, comme s'il eut été une sorte de volontaire parmi nous, et cependant nul n'était plus exact à toutes les réunions de la société, ni plus fidèle à en remplir tous les devoirs; seulement, au sein même de cette fidélité et de cette exactitude, il tenait à montrer une in-dépendance qui put neutraliser la crainte qu'inspirait son penchant à gouverner, par celle bien autrement sérieuse de lui voir abdiquer un pouvoir qu'il exerçait si bien dans l'intérêt de tous. Sage et profonde politique, que le roi Léopold a imitée avec tant de bonheur après les événements de 1848. Un despote qui aurait assez d'esprit pour faire ses malles tous les matins sur la place publique, serait sûr de mourir sur le

trône, vécut-il un siècle : on le garderait justement parce qu'il voudrait s'en aller.....
Et voila ce qui reste de notre antique amour de la royauté.

En 1840, le surlendemain de cette merveilleuse chasse de Prodhun que j'ai racontée en tête du deuxième volume de mes *Gentilshommes Chasseurs*, le bruit se répandit tout à coup, que *l'indispensable* dictateur de *Rallie-Bourgogne* se disposait à partir pour l'Italie. Grande rumeur aussitôt, effroi plus grand encore ! Que faire pour conjurer ce malheur ? On eut recours à l'influence de l'illustre président, et le marquis de Macmahon, qui enfourchait aussi facilement Pégase (1) que la première rosse venue,

(1) Le marquis de Mac-Mahon a laissé sous ce titre —

écrivit au triple galop ces vers qu'il adressa
à M. Perret, lequel, après qu'il les eut reçus,
n'acheva pas ses malles, si tant est qu'il les
eut bien sérieusement commencées.

Au Dictateur de la Société Rallie-Bourgogne.

—

« Chef organisateur, tu conçois la victoire,
» Et moi, moi ton bras droit, je viole la gloire !
» Dis, es-tu satisfait? Tu me disais hier :
» — *Voilà l'ennemi, frappe, ô mon homme de fer !*
» Et ce matin, ami, le monstre, effroi du pâtre,
» A son cuissot juteux rôtissant à mon âtre !
» La foudre avait brisé son ivoire sanglant,
» Et le scalpel flétrit ce mâle et dur *Tiers-an.*

Une Saint-Hubert dans un château de Bourgogne — un
charmant poëme cynégétique.

» Heureux si le plaisir d'une telle journée

» Ébranlait du départ la pensée ajournée !

» Tu sais que ce canton, de Diane chéri,

» Plus que terre de France, autant que terre au monde,

De vingt gibiers divers incessamment abonde.

» Oui, tu le sais, très cher, et me laisses ici !!!

» Pourtant soixante chiens d'une divine race

» Hurlent dans mon chenil ! Mes coursiers du Morvan

» Font pâlir Albion, et vifs comme le vent,

» Ainsi que leur avoine, ils dévorent l'espace ;

» Et tu me laisses seul !.....

. . . .

. . . . , ...

» Mais, pour me laisser seul, dis quelles sont les causes !

» Crains-tu la bise, toi, du Nord, dur nourrisson ?

» Andral commande-t-il pour ton nerveux poumon

» Le beau ciel de l'alerme et ses brises de Roses ?

» Mais non, ami, ton âme et ton corps sont de fer !

» Reste et brave avec nous et l'émeute et l'hiver.

Sully, le **26** novembre 1840.

J'ai déjà dit que notre cher dictateur
ne s'en alla pas en Italie : peut-être son dé-

part n'était-il que ce qu'on appelle en termes
de théâtre — *une fausse sortie*.

Jules Perret était si bien passé maître
dans l'art de ménager sa monture, que c'é-
tait à qui lui prêterait ses chevaux quand
par hasard les siens avaient besoin de se re-
poser. Il suivait en trottinant les débûchers
les plus rapides, prêtant l'oreille à la voix
des chiens ou aux accords des trompes ; dé-
couvrant des sentiers de traverse où personne n'en soupçonnait ; ne manquant guère
de tenir sa place parmi les plus aventureux
à l'heure suprême de l'hallali, et, en définitive, se montrant aussi supérieur dans l'action que dans le conseil. Et avec quel merveilleux instinct il savait se diriger au milieu
des bois les plus difficiles! Aussi disions-
nous de lui : qu'il n'était pas moins habile à

deviner la configuration d'un pays où il n'était pas encore venu, que le caractère d'un homme qu'il voyait pour la première fois.

A l'âge où l'on ne sait pas encore que les passions peu visibles au-dehors sont quelquefois les plus profondes, je me suis demandé souvent si notre ami Perret aimait sérieusement la chasse pour elle-même, ou s'il ne s'y livrait avec suite que parce qu'elle lui fournissait des occasions plus nombreuses de se rapprocher des hommes distingués pour lesquels il avait de la sympathie, et dont la société était si bien faite pour lui. Aujourd'hui il ne me reste plus aucun doute à cet égard : *le dictateur de Rallie-Bourgogne* était un veneur sérieux et convaincu, qui aurait pris tout aussi voluptueusement son sanglier ou son louvart à lui seul qu'entouré de la

compagnie la plus brillante. Après cela qu'il
ait toujours cherché à ajouter d'autres jouissances à son plaisir favori, c'est une preuve
de plus de la délicatesse de ses goûts que
je loue trop pour songer à la lui contester :
c'est le signe le plus certain d'une nature
supérieure que d'aspirer à la perfection en
tout.

J'ai aussi entendu, dans le temps, quelques
fâcheux accuser Jules Perret de ne voir dans
nos associations de *à moi Morvan* et de *Rallie-
Bourgogne* qu'un moyen de satisfaire son
penchant pour le pouvoir absolu prudemment exercé. Eh bien! alors même que cela
eut été, ce que je ne crois pas, je le lui par-
donnerais du meilleur de mon cœur, car
jamais tyrannie ne fut plus douce, plus aimable et surtout plus intelligente que la

sienne. Le pauvre marquis de Mac-Mahon me disait de lui un jour : — *ce qui me plaît surtout dans ce diable de magistrat, c'est qu'il me violente pour me faire faire justement ce que je désire* — observation profonde qui résume de la manière la plus heureuse tout le caractère du personnage qui l'avait inspirée. Le despotisme de notre dictateur consistait à prévoir les souhaits incertains de ses compagnons, pour en faire des volontés positives à leur usage et au sien propre, le tout pour le plus grand agrément du plus grand nombre ; car Jules Perret, en digne partisan du régime constitutionnel qui a été élevé à l'école de l'empire, avait un certain respect pour les majorités... aussitôt qu'elles s'étaient rangées à son avis.

Je termine ici cette première revue de

mes souvenirs cynégétiques; mais, je le ré-
pète encore, je reviendrai plus tard sur ce
sujet, pour peu qu'il offre quelqu'intérêt à
mes lecteurs habituels.

FIN

TABLE

Des chapitres du deuxième volume.

—

DE QUELQUES VENEURS QUE J'AI CONNUS

Fin de la table du deuxième et dernier volume.

Fontainebleau, imp. de E. JACQUIN.

LES FILLES DE PLATRE

Par **Xavier de Montépin**. — 7 vol. (complet).

Le Lord de l'Amirauté

Par **Adrien Robert**. — 3 vol. (complet).

LA BELLE AURORE

Par la **comtesse Dash**. — 6 vol. (complet).

LE SPECTRE DE CHATILLON

Par **Élie Berthet**. — 5 vol. (complet.)

DEUX ROUTES DE LA VIE

Par **G. de la Landelle**. — 4 vol. (complet.)

UN MONDE INCONNU

Par **Paul Duplessis**. — 2 vol. (complet).

Les Veillées de Saint-Hubert

Par le **marquis de Foudras**. — 2 vol. (complet).

LA PERLE DU PALAIS-ROYAL

Par **Xavier de Montépin**. — 3 vol. (complet).

Jean qui pleure et Jean qui rit

Par **Adrien Robert**. — 2 vol. (complet).

ADRIANI

Par **George Sand**. — 2 vol. (complet).

Fontainebleau. — Imp. de E. Jacquin.